マルセラ

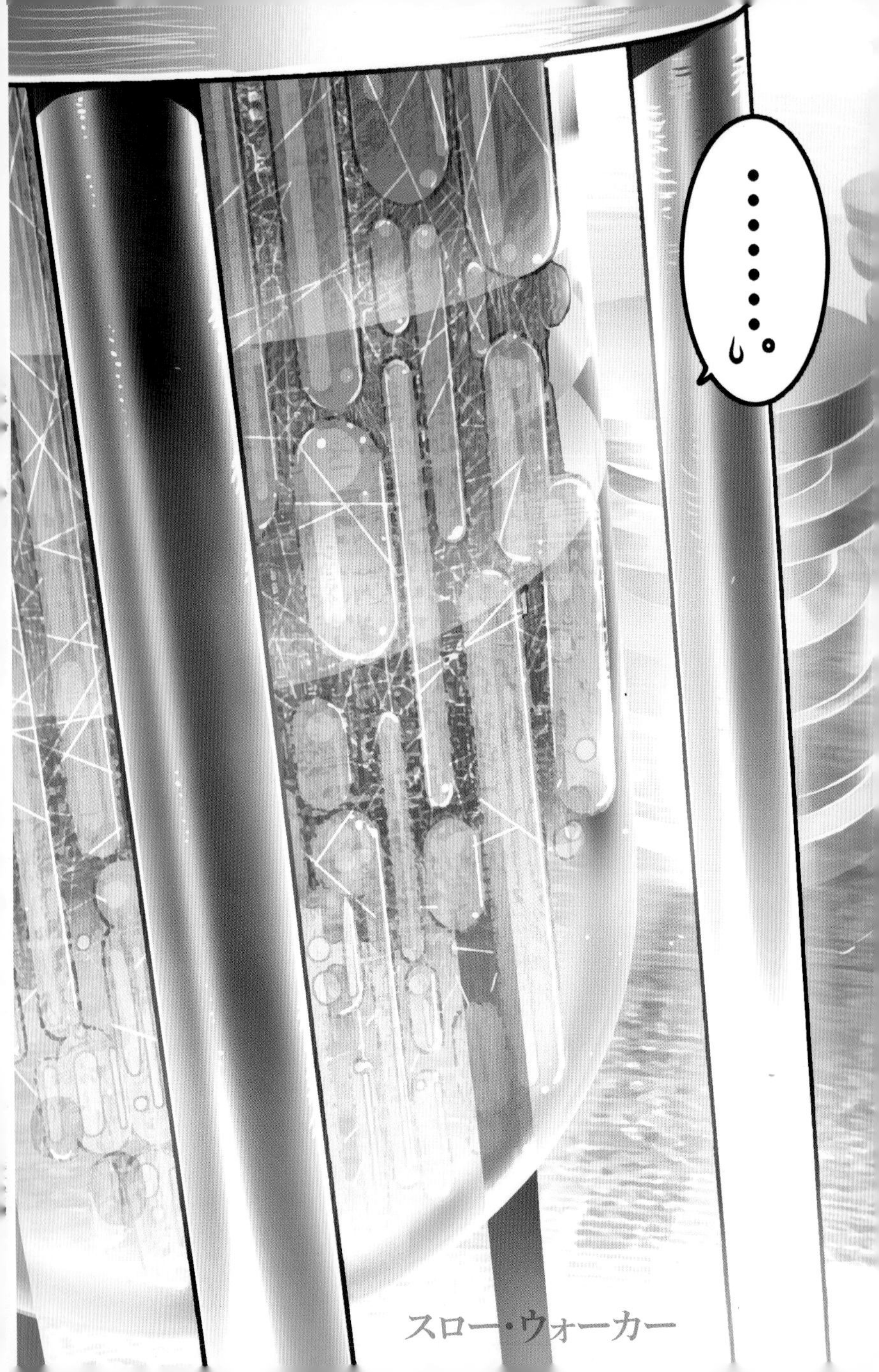
……。
スロー・ウォーカー

「ハロー、旧友」
God bless me?
私、能力は平均値でって言ったよね!

私、能力は平均値でって
言ったよね！
16
God bless me?

【ティルス王国】

強気な少女ハンター。
攻撃魔法が得意。

貴族の娘。アデルの友人。
「ワンダースリー」のリーダー。

竜種の頂点で、世界最強の生物。
人語を喋り、知能も人間以上。

ブランデル王国の王女。
アデルを探させている。

【日本】

高校生。小さな少女を救い、
異世界へと転生した。

Cランクパーティ『赤き誓い』

異世界で"平均的"な
能力を与えられた少女。

剣士。ハンターパーティ
「赤き誓い」のリーダー。

ハンター。治癒魔法使い。
優しい少女だが……

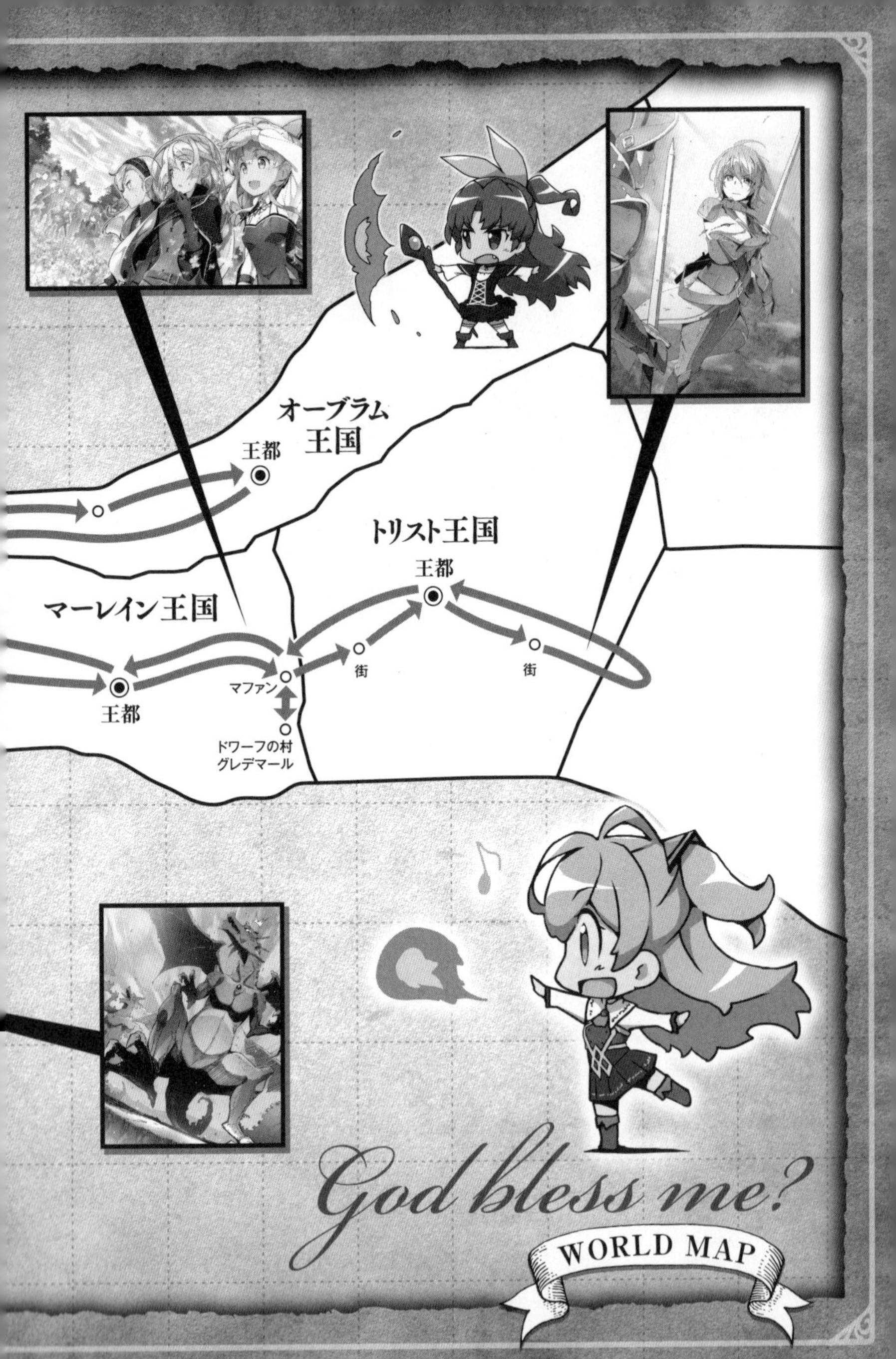

オーブラム
王国
王都
トリスト王国
王都
マーレイン王国
街
街
マファン
王都
ドワーフの村
グレデマール
God bless me?
WORLD MAP

ブランデル王国
ヴァノラーク王国
辛味亭
王都
ティルス王国
「赤き誓い」登録国
アスカムへ
向かい反転
宿屋事件の町
アスカム領
王都
マイルのハンター
登録の町
アレイメン領
侵攻軍
獣人
の村
王都
シャレイラーズ
帝都
山岳部
アルバーン帝国

前巻までのあらすじ

アスカム子爵家長女、アデル・フォン・アスカムは、十歳になったある日、強烈な頭痛と共に全てを思い出した。

自分が以前、栗原海里(くりはらみさと)という名の十八歳の日本人であったこと、幼い少女を助けようとして命を落としたこと、そして、神様に出会ったことを……

出来が良過ぎたために周りの期待が大きすぎ、思うように生きることができなかった海里は、望みを尋ねる神様にお願いした。


『次の人生、能力は平均値でお願いします!』


なのに、何だか話が違うよ?

ナノマシンと話ができるし、人と古竜の平均で魔力が魔法使いの6800倍!?

初めて通った学園で、少女と王女様を救ったり。

マイルと名乗って入学したハンター養成学校。同級生と結成した少女4人のハンター『赤き誓い』として大活躍!

そんな『赤き誓い』が、古竜の長老たちとも交流を持ってしまい……

ついにマイルの長年の夢〝獣人の村〟へ行くチャンスが!

獣人たちの危機を救い、王国内を縦横無尽に駆け巡り、誘拐された少女たちを救出した『赤き誓い』

悪を倒し、獣人に呼び出して貰った古竜ケラゴンに乗って向かうは〝魔族の村〟

そこで待ち構えるものは……?

God bless me?

CONTENTS

承前　両舷全速ゥ、ケラゴン、発進します！

「あれ？　レーナさん、どうかしましたか？」

「……なっ、何でもないわよ！」

古竜ケラゴンの背に乗せてもらって、魔族の居住地へと運んでもらう。そういう約束が取り付けられ、いざ背中へ、という時になって、何やらレーナの様子がおかしい。

なのでマイルが声を掛けたのであるが、平静を装ってそう答えたレーナ。

しかし、明らかに様子がおかしかった。

「「「…………」」」

どう見ても挙動不審なレーナであるが、それを隠そうとしているらしいため、どう言えばいいか分からず、思案顔のマイル達。

そして……。

「「「あ！」」」

3人同時に、ポン、と手を打った。

　3人の頭に浮かんだのは、ただひとつ。

（（ロブレスの時のやつだ……））

　そう、飛竜ロブレス。

　対ロブレス戦の時のことを思い出し、ビビっているのであろう。

　あの時レーナは、マイルに大空へとぶん投げられ、そして落下した。上空から、真っ逆さまに。

　あの、お漏らし……、いやいや、不幸な出来事。

　それは、高所恐怖症になっても仕方ない。

　騎士として強い心と覚悟を持っているメーヴィスや、ぶん投げられた瞬間に気絶したため何も覚えていないポーリンとは違い、1号として最初にぶん投げられたレーナは、何の心の準備をすることなく大空を舞わされたわけであるから……。

　しかし、今更『乗りたくない』などとは言えない。

　ケラゴンに乗らなければ、大陸の北端部への旅などとてもできるものではない。そうなると、マイルの望みを叶えることができなくなる。自分の臆病さのせいで……。

　そんなことが許容できるレーナではなかった。

　しかし……。

「……」

「………」

「…………」

蒼い顔をして、ぴくりとも動かないレーナ。

((あ〜……))

3人共、だいたい察した。

そしてマイルは……。

(レーナさん、対ロブレス戦におけるあの雷の鳥1号作戦、『とある魔法の超火焔砲(レーナガン)』の時のことを思い出して、ビビってるんだ……。

あ、飛竜、ロブレス。二度目の飛行でビビる……、)

「『ビビる2世』!!」

何やらワケの分からないことを叫ぶマイルであるが、勿論(もちろん)、全員にスルーされた。

＊　＊

大空を飛ぶケラゴンの背で、3人並んで壮大な眺めを満喫しながら楽しそうに話しているマイル、メーヴィス、ポーリン。

そしてレーナは、その後ろでひとりだけ、杖(スタッフ)を握り締めている。

チベットスナギツネのような虚無の表情で、微動だにせず……。

杖(スタッフ)を握り締めているのは、ケラゴンから滑り落ちた場合に備えているのであろうか。

魔法の行使には別に杖(スタッフ)は必要ないが、何かを握り締めていると何となく安心感があるのかもしれない。

まぁ、ケラゴンがちゃんと防護魔法を使っているので、落ちる心配はないのであるが……。

高速で飛行しているのに風が強く当たらないことから、それくらいは気付いていて然(しか)るべきであるが、そんなことにも気付かないくらい動転しているのであろうか。

いや、レーナが今まで乗った最も速い乗り物は乗合馬車なので、『速く走れば凄く強い風が当たる』ということを知らないという可能性もある。

騎馬で飛ばしたこともなく、自転車すら乗ったことがない。ごく稀に全力で走ることがあっても、それは『風なんか気にしていられない場合』とか、『たまたまその時に強風が吹いていただけ』とか考えて、気にもしていなかったのかもしれない。

とにかく、魔族や獣人達を乗せて運んでやることもあるケラゴンは、怖がって動転し暴れる者、好奇心が旺盛過ぎて身を乗り出す者、寝てしまい派手な寝返りを打つ者とかには慣れており、当然、安全策くらいは講じているのであった。

そしてレーナは、じっと自分の足下(あしもと)を見続けていた。

……下界を見るのが怖いので。

人間、すごく高いところから地上を見下ろすのはそんなに怖くなく、その眺めに感動するものである。しかし、中途半端に高いと、とてつもない恐怖を感じる。そういうものなのである。

そして今、ケラゴンはその、『恐怖を感じる高度』を飛行していた。

高高度の方が空気抵抗が少ないため速く飛べるが、寒いのと空気が薄いため、マイル達のことを考えて低高度で飛んでくれているのである。

1000フィート（約300メートル）につき気温が2度下がるため、1万フィート（約3000メートル）だと、地上より20度低くなる。地上気温が20度の時に高度1万フィートを飛行すれば零度である。

更に、風が当たれば、体感温度は大幅に低下する。

これで、もしケラゴンが防護魔法を使ってくれなければ、死んでしまう。

しかし、そのケラゴンの心遣いをちゃんと理解しているのは、マイルだけであった。

まあ、マイルであれば、バリアを張り、その中を加圧したり、適温に保つことくらいはできるであろうが。

マイルが、そのことに気付きさえすれば……。

（頑張れ、私。頑張れ、私。頑張れ、私……。古竜の速さなら、そんなに時間はかからないはず。頑張れ、私。頑張れ、私。頑張れ、私……）

あと少しの辛抱。
そう思い、必死で耐えるレーナ。
往路があれば、復路がある。
行きがあれば、帰りがある。
そのことに、思い至ることなく……。

第百十二章　魔族の村

……レーナも、飛び立ってからしばらく経つとかなり落ち着き、その後は割と普通の様子であった。

元々、レーナは別に高所恐怖症というわけではなかった。ただ、例のロブレス事件の時の、『とある魔法の超火焔砲（レーナガン）』というか、『雷の鳥1号』というか、……アレが少々心的外傷（トラウマ）になっていただけである。

なので、ケラゴンが魔法で障壁を張ってくれていること、そしてマイルが『万一落下しても安全に着地できますから！』と言って、風魔法による減速の仕方を教えたことによって、何とか恐怖心を克服できたようである。

そのため、ケラゴンが着陸しその背から降りた時には、レーナは完全にいつもの調子を取り戻していた。

これならば、帰路も心配なさそうである。

そういうわけで、ケラゴンの障壁魔法が解かれ、マイルの温風魔法も止められた今、レーナは感じたことを素直にそのまま口にした。

「……何か、寒くない？」

「そりゃ、かなり北上しましたし、山岳越えをしたとはいえ、このあたりは結構標高が高いですからねぇ」

「どうしてそれが寒さと関係あるのよ？」

「「「……え？」」」

古竜ケラゴンに乗って山岳部を越え、あっという間に大陸の北端部、魔族の居住地域に到着した『赤き誓い』一行。

そして、急に肌寒くなったために溢したレーナの言葉にマイルが答えたところ、レーナからの、まさかの返答。

前世の日本での知識があるマイルは勿論であるが、メーヴィスとポーリンも社会常識としてそれくらいのことは知っていたようである。しかしレーナには、そういう知識がないようであった。

いや、これは決してレーナが馬鹿であるとか世間知らずであるとかいうわけではない。

ポーリンは商家の娘として、そしてメーヴィスは貴族の娘として、他国との取引だとか国情とかについての教育を受けている。

その中で、地域ごとによる気候特性というものは、栽培できる作物の種類や収穫量、動物や魔物の分布等に大きく影響する。

そのため、科学的な理由は分からないものの、『北に行くほど寒い』、『高地になるほど寒い』ということは、経験則というか客観的事実というか、当然のこととして認識されていたのである。

それに対して、レーナは馬車ひとつでの行商人の娘である。

遠方の国と取引するわけでもなく、せいぜい隣接国あたりまでしか行動しない行商人にそのような知識は必要なく、ハンターとしても、そのようなことを気にする者はいない。

せいぜい、冬季に山越えをする者がベテランハンターやギルド職員、装備屋のオヤジ等に防寒具を揃えるよう強く説得されて、渋々買い揃え、後で命の恩人だと泣いて感謝する程度である。

そう、『山に登るのだから、お日様に近付くから暑くなる』と思っている者が普通にいるのである。山岳部に行ったことのない者や、行きはしたけれど『たまたま、その日は寒い日だっただけ』と思っている者とかは……。

北に行くと、という方も、それと同じようなものであった。

一生のうちで、自分の村から出たのは最寄りの町へ行った3回だけ、とかいう村人が普通にいるような世界である。知識に欠損や偏りがあるのは仕方ない。

そして今回はたまたまこういう結果となったが、これでもレーナは平民としては割と知識がある方なのであった。


「えええええ？　つ、つまり、夏季であっても、北部や高い山の上は寒い、ってこと？」

驚愕の事実を知り、レーナ、愕然。

「そ、それじゃあ、夏の茹だるような暑さでぐったりする時期には、北方や山岳地近くの街に移動すれば……」

「はい、それが、貴族がやっている『避暑』ってやつですよね」

「あああああ、どうして夏場に貴族の遠出が多いのかと疑問には思っていたのよね！　海辺や湖の畔に別荘でも建てているんだと思っていたら、まさか、そんな理由があったなんて……」

マイルに詳しく説明され、パーティの中でそれを知らなかったのは自分だけだということを知り、かなりショックを受けているらしきレーナ。

行商人であった父親と共に周辺国を巡り、ハンターとして街々を廻り、そして読書家であるため、平民としては知識人であると自負していただけに、ダメージが大きかったようである。

「貴族のお嬢様であるメーヴィスはともかく、マイルとポーリンでさえ知っていたことを、私が知らなかったなんて……」

かなりプライドが傷付けられた様子のレーナであるが……。

「私だって、商家の娘としてそれくらいの教育は受けてますよっ！　マイルちゃんならともかく……」

「何ですか、それはっっ！　私も、一応は貴族のお嬢様ですよっ!!」

ムッとしたポーリンの反撃と、ふたりに揃ってディスられて、激おこのマイル。

「「「ぐぬぬぬぬぬぬ……」」」

『あの～、すみません、私はどうすれば……』

そして、申し訳なさそうに声を掛けるケラゴン。

「「「ごめんなさい……」」」

さすがに、いくらマイルに対して下手に出ているとはいえ、わざわざやってきて馬車馬代わりを務めてくれた古竜を放置して、その前で険悪な言い争い、というのは、恥ずべきことだと思ったらしい。

「あ、ありがとうございました。後は自分達で何とかしますから、ケラゴンさんはお帰りください」

『帰りは、どうされるので？』

「「「あ……」」」

確かに、往路は空の旅で一瞬であっても、徒歩での帰還にはかなりの日数がかかる。

……その途中で狩った獲物は無駄にすることなく全て丸ごと持ち帰れる、ということだけはありがたいが……。

しかし、一度楽を知ってしまった者には、もう以前の面倒さは耐えられない。

「「「お迎えを、お願いします!!」」」

そういうわけで、揃って頭を下げた４人であるが……。

「で、お迎えをお願いする時、どうやってお呼びすれば……」

そう、マイルが言う通り、それが問題であった。

この惑星にも電離層くらいはあるであろうが、無線機などという便利なものはなく、ナノマシンはそういう用途には使えない。『担当外です』とか言われて……。

確かに、普通の古竜は権限レベルが2であるから、ナノマシンが話し掛けるわけにはいかない。

それに、ナノマシンのネットワークを利用するには、マイルの権限レベルではランクが足りないらしかった。

ナノちゃん曰く、『せめて、権限レベル7以上でないと……』ということであった。

となると、獣人達が使っている方法は教えてもらえないらしいから、古竜に連絡する方法がない。

なので、4人がしばらく考え込み……。

「あ、そうだ！」

マイルが、何やら名案を思いついたらしかった。

「あの～、超音波の笛を1回吹いたらベレデテスさん、2回吹いたらシェララさん、3回吹いたらケラゴンさんが飛んでくる、というのは……」

『その、ちょーおんぱ、というのは何でしょうか？』

残念ながら、古竜には『超音波』に関する知識は無いようであった……。

「それって、フカシ話に出てきた、『人間には聞こえないけど、フェンリルには聞こえる音』のことよね？」

「でも、それって普通の音より届きにくいんじゃなかった？　特に、障害物とかがあると……」

「そもそも、『ちょーおんぱ』って、古竜には聞こえるのですか？」

そして、フカシ話によって着実に知識を深めているらしい、レーナとメーヴィス、ポーリンからの突っ込みが……。

「い～んですよ、細けぇこたー！」

「「「いや、全然『細かいこと』じゃないでしょ!!」」」

本気なのか冗談なのか分からないマイルの提案は、却下された。

＊　　＊

『では、私はこの辺りでのんびりしていますので……』

「すみません、よろしくお願いします」

結局、『数日間待つ』などということには何の痛痒も感じないケラゴンが、この辺りでゴロゴロしたり周辺の強そうな魔物にちょっかいを出して遊んだりして時間を潰し、『上空へ向けて炎弾3発』の合図があれば駆け付ける、ということになった。

お馴染みの『ファイアー・ボール3発』ではないのは、少し距離が離れていても分かることと、その時にケラゴンが眠っていたり他のことに気を取られていたりしても分かるように、とのマイルの発案による。

遮るもののない上空での炎弾の炸裂であれば、爆炎、爆音に加え魔力波が発振されて広がることから、古竜にははっきりと知覚されるらしい。

ケラゴンは『魔族の村は知っているから、そこまで送り迎えしても……』と言ってくれたのであるが、古竜の背に乗って登場、とかいうのをやらかしてしまうと、いくら古竜の来訪には少し慣れているとはいえ、『赤き誓い』に対する魔族達の態度がおかしなものになってしまうであろうと考えたマイル達が固辞したのであった。

いざという時には、無益な争いを避けるために古竜(とら)の威を借ることも厭(いと)わない『赤き誓い』であるが、初っ端(しょっぱな)から、というのは、さすがに避けたかったようである。

ファースト・コンタクトは、ごく自然に、友好的に。

それが、淑女の嗜(たしな)みである。

「……まぁ、初めて魔族と会ったのはスカベンジャーと出会った2番目の遺跡の時ですし、対戦ではボコボコにしましたけど……」

「次に会った、アルバーン帝国の3番目の遺跡の時には、獣人達とは結構話したけれど魔族とは殆ど会話がなかったから、あれはノーカウントかな」

ポーリンとメーヴィスが言う通り、魔族とのコンタクトは決して『ファースト』というわけではなかった。

「い～んですよ、細けぇこたー！」

しかしマイルは、細かいことは気にしない。

……そして、割と大きいことも……。

＊　　＊

「止まれ！」

ケラゴンに降ろしてもらった森から、指示された通りの方角へと進んでいた『赤き誓い』は、予想通り魔族の見張り役らしき者に発見された。

姿は見えないが、木の上にでもいるのであろう。

余計な揉め事を起こしたいわけではないので、言われた通り、素直に停止する『赤き誓い』。

「何者だ！　ここが魔族の国と知っての侵入者か!!」

未成年（に見える）の子供ふたり、成人したばかりと思われる者ふたり。しかも、全員が華奢で可愛い女性である。どう見ても、衣服や防具の下に鍛え上げたゴリゴリの筋肉を纏っているようには見えなかった。

……そして、魔法で魔族に勝てる人間など、滅多にいない。

警戒員として、ただの見張りだけではなく侵入者阻止の役割も持たされて配備されている者にとっては、いくら4対1とはいえ簡単に叩き潰せる相手であった。

何しろ、自分は魔族の戦闘職であり、相手はひ弱な人間なのである。甘く見て、軽くあしらってもおかしくはなかった。

……しかし、見張り役の男は、油断や慢心の様子は欠片もなかった。

相手がまるで歴戦のベテラン兵士であるかの如く、最大限の警戒をもって対応していた。

かなり強い魔物が蔓延る山岳部をたった４人で、徒歩で踏破して無傷。

疲れた様子もなく、防具や衣服には傷どころか汚れすらない。

それを見ていながら相手を舐めるような者は長生きできないし、単独での見張りを任されることもないであろう。

この見張りは、村人の生死に関わる重要な任務を与えられているだけのことはあった。

そう、戦闘力だけではなく、分析力や判断力も優れた、『プロ』なのであった……。

「……え？　このあたりは、魔族が住んではいるけれど、別に国とか領地とか……、うぐぐ！」

余計なことを言いかけたマイルの口を、慌てて塞ぐポーリン。

「いえ、魔族の皆さんが住んでおられる地域なのは承知していますが、別に侵入者というわけでは……」

……

そして、何とか穏便に進められるようにと、友好的に話そうと努めるメーヴィス。

「どのような目的であろうとも、侵入者は侵入者であろう！」

……しかし、向こうは初めから敵意バリバリであった。

まぁ、今までに『友好的なヒト族』がわざわざこんなところまでやってきたことなどないのであろう。

そして政治家や官吏が、自分でこんなところまで来るわけもない。来るのは、甘い汁を吸おうとする悪徳商人か犯罪者だけである。

更に見張り役の魔族を警戒させている大きな理由は、マイル達が『ここまで、何重にも敷かれた警戒網に引っ掛かることなくやってきた』という事実であった。

普通、発見されることなくここ、最終防衛ラインまで来られる者はいない。

なので、そのことだけでも、最大限の警戒をされて当然であった。

とにかく、怪しい者、悪意ある者ではないということを納得させるしかないと考えたメーヴィスは、あまり使いたくはなかったが、やむなく使うことにしたのであった。

……例の件を話す、という最終手段を……。

「あの、剣士のレルトバードさんに御招待を受けまして……」

「え？」

メーヴィスの言葉に、固まる見張り役。

いくら人口が少ないとはいえ、村ひとつならばともかく、ひとりひとりがこの居住区域にいる魔族全員の名を覚えているはずがない。なのでこの方法は不発に終わったか、と思ったメーヴィスであったが……。

「あ、あの、剣士レルトバードに招かれた、だと！　そしてお前は、お、女、……だよな……？
ま、まさか……」

何と、驚いたことに、レルトバードは結構な有名人であったらしい。

そして、この男の驚きように、何か引っ掛かるものを覚えるメーヴィス。

「あ、いや、別にお前が『女に見えない』って言ってるわけじゃない！　不審に思ったのは、剣士レルトバードは女には興味がないので有名だからだ。決してお前を侮辱する意図はない!!」

メーヴィスの表情に何か気付いたらしく、いくら女性相手とはいえ、警戒すべき人間の侵入者に対して慌てて弁解する見張り役。何だか、そう悪い人物ではなさそうであった。

「あ、いえ、それは……」

別に、あの剣士と恋人同士だというわけではない。しかし、ここは余計なことを口にすべきではないと考え、言葉を濁すメーヴィス。

「それと、隊長をやってたザウィンって人とも知り合いなんだけど……」

あの時の、魔族のリーダーの名前を覚えていたレーナが口を添えた。

実はレーナも招待されているのであるが、あの少年の名も妹の名も覚えていなかった。

……いや、そもそも名を聞いていなかったような気がする。

そして、誰にも、全く招待されていない、マイルとポーリン……。

「何、ザウィンも知っているのか！　……となると、本当に知り合いか……」

都合良くあのふたりを知っているのが少し不思議であったが、考えてみれば、そうおかしなことでもない。古竜が調査を依頼しているのが彼らが所属する集落なのだから、ケラゴンが案内する場所は、当然その集落になるのが当たり前である。

「……分かった。あのふたりが認めた者であるならば、人間であっても信用するに足る者達なのであろう。

ゴブリンの中にも、良い者がひとりもいないというわけではあるまい。それと同じく、人間の中にも良い者がいる確率は、決してゼロではないであろうからな……」

酷い言われようではあるが、『人間は、ひとり残らず全員が極悪人である』などとは言い出さないところ、魔族としては話が分かる方なのかもしれない。

「『良いゴブリン』なんか、いないわよっ！」

そして、喩(たと)えの部分に嚙み付くレーナ。

そこは、流すべき部分であろう……。

まぁ、見張り役も自分が無礼な物言いをしたという自覚はあったのか、レーナの言葉はスルーしたようである。

「う～む……。では、俺が案内しよう……」

　少し考え込むような素振りをした後、そう言って潜んでいた木の陰から姿を現した、見張り役である。ひとりの魔族の男性。

　誰何(すいか)された時には居場所が分からなかったが、あれだけ会話を交わせば、おおよその位置は分かる。なので、突然姿を現されても、マイル達は驚くようなことはない。

「少し待ってくれ」

　見張り役の男は、そう言って、何やら顔を顰(しか)めた。

「えっ？　うわわっ！」

　そして、なぜか驚いた様子のマイル。

「何、これ……」

「え？」

　今度は、魔族の方が驚いたような顔をした。

「な、何ですか、これ……」

「わ、分かるのか！」

「……は、はい。何か、頭の中に矩形波(パルス)のようなものが……」

　驚きに眼を見開いた魔族に、よく分からない様子ながらも、マイルが何とか返事した。

「矩形波(パルス)？　何だ、それは……」

魔族には、矩形波（パルス）という言葉は理解できないらしかったが、それは仕方あるまい。

それに、正しくは、パルスとは『短時間に急峻な変化をする信号』のことであり、別に矩形波（くけいは）でなければならないというわけではない。

「あ、え〜と、脈動する信号のようなものが、頭の中に……」

「……」

マイルの返事に、少し怖い顔で睨み付けてくる魔族。

「…………」

「あ、あの、その、え〜と……」

何だか魔族の様子が変わった……あまり良くないらしき方向へ……様子に、少し慌てた様子のマイルであるが……。

「……いや、別に問題はない。そのまま待っていてくれ」

どうやら、別に『マズい事態』というわけではないらしく、ほっとする『赤き誓い』一同。

しかし魔族の男は、待てと言ったにも拘（かか）わらず、何もする様子がない。

それを不思議に思いながらも、言われた通り素直に待っている４人であるが……。

「どうした、ララーク。『想定外事象の生起』の合図なんか……、って、何だ、コイツらは？

……え？　に、人間だと!!」

頭の角で明らかに魔族と分かる者が、ふたり現れた。

「あ！　信号か！　さっきの、電気通信……じゃなくて、魔力通信、『魔信』だっ!!」

「「えっ!!」」

マイルの叫びに、新たにやってきたふたりの魔族が、驚愕の声を上げた。

最初の魔族は既にマイルが魔族の連絡法を受信したらしきことに気付いており、驚いた様子は見せなかったが、後から来たふたりにとっては、それは驚くべきことであったらしい。

「き、貴様、どうしてそれを！」

「捕らえろ、絶対に逃がすな!!」

「いや、ちょっと待て、落ち着け、お前達……」

「「これが、落ち着いていられるかああっ!!」」

＊　　＊

そして、最初の魔族……ララークという名らしい……が、ふたりの魔族に説明してくれた。

マイル達がレルトバードの招待を受けていること、ザウィンとも知り合いであること、そして『人間達には知られていないはずの、魔族の連絡法』のことが漏れていたわけではなく、この少女が『受信能力者』であったこと、等々を。

「ハーフかっ！」

「いや、人間と魔族のハーフだとしても、角が無ければ送信も受信もできまい。なのに、なぜ受信能力があるのだ？」

「「………………」」

「……あんた、どの種族の村へ行っても持ち上がるわね、その『ハーフじゃないか疑惑』……」

「知りませんよっ!!」

レーナの指摘に、むくれるマイル。

しかし、今回は『胸が慎ましやかだから』とか『エルフ臭い』とか言われないだけ、まだマシであった。それらに較べれば、『魔力通信を傍受できるから』という理由は、何と心安まるものであろうか……。

「とにかく、私の両親はどちらも貴族の本家筋ですから、少なくともここ10世代くらいは他種族の血は入っていませんよ！　人間の貴族は、血筋に拘りますから……」

「「え……」」

さすがに、魔族もそれくらいのことは知っていたらしく、驚いた様子である。

「そもそも、それ以前の問題として、コイツには角がないからなぁ。我ら魔族でも、魔信が感知できる者はそう多くはないし、それも角があればこそ、だからな。

いくら魔族の血を引いていても、『角なし』では、あり得ん……」

（角なし。角なし……。どこかで聞いた覚えがあるフレーズ……）

そして、何やら考え込んでいるマイル。

（百鬼帝国？　いや、違うなぁ。ええと、ええと……、ああ、『ボルテスＶ』!!）

何だか、スッキリした顔になったマイル。

「ええと、やっぱり角がない者は差別されているのですか？」

「「「え？」」」

マイルの唐突な質問に、怪訝（けげん）な顔をする魔族の３人。

「どうして、角がないと差別されなきゃならないんだ？」

「お前達人間は、髪がないとか、背が低いとか、腹が出ているとか、胸が小さいとかいうような外見的な理由で同胞を差別したりするとでもいうのか？」

「「「「すみませんでしたあああぁ～!!」」」」

なぜか突然土下座して謝り始めた４人の少女達に、動揺を隠せない魔族達であった……。

＊　　＊

「……じゃあ、後は頼んだぞ！」

「おう、任せとけ！」

合図……魔信……で駆け付けたふたりのうちの片方に見張り役を頼み、最初に会った魔族、ララークがマイル達を村へと案内してくれることになった。

もうひとりは、村に知らせるために、既に出発している。

いきなり村に人間を、それも4人も連れて行けば、絶対、騒ぎになる。そのため、先触れとして知らせに行ったのである。

まぁ、マイル達は普通に歩いて行くから、駆けていった先触れの者が村人に知らせる時間は充分にあるであろう。村長や長老、村の有力者達、そして剣士レルトバード、リーダーのザヴィン、あの兄妹とかに……。

ララークには、呼び寄せたあのふたりに先触れ役と案内役を頼み、自分は見張り役を続ける、という選択肢もあったであろうが、やはり発見時の説明をする必要があること、そして何より、退屈な見張り役よりもこっちの方が面白そう、ということで、当然の如く先触れ役と見張り役をあのふたりに押し付けたのであった。

あのふたりも魔信の送受信ができるので、見張りを任せても何の問題もない。そのための、『緊急時の支援要員』であり、待機配置に就いていたのだから……。

そしてひとりに先触れ役を頼むと共に、もうひとりに自分の代わりにこの担当場所での見張り役を頼みたい、と言った時、両者が何か言いたそうな顔をしていたけれど、知らん振りしてスルーしたララークであった。

当たり前である。みんな、退屈な見張り役よりも、『面白そうなこと』の方に関わりたいであろう。そして、せっかくその場に立ち会えそうだったのに、選りに選って、伝令役と居残りでの見張り役である。それは、愚痴のひとつも言いたくなるであろう。

……しかし、これは一族の一員としての、重要な任務である。ぐぬぬ、と悔しそうな顔をしながらも、一応は明るく元気に振る舞って『任せとけ』と言うあたり、見張り役を引き受けた男は、立派な『一人前の男』と言えるであろう。

「……ララーク、後で詳しく聞かせろよ……」

「お、おう……」

「酒と摘まみは、お前の奢りな……」

「……お、おう……」

恨みがましそうな顔でそんなことを言う見張り役となった男と、少し引き気味のララーク。

……それ程立派な男ではなかったようである。

＊　＊

村へ向かって移動しながら、少しでも情報を、と考えたのか、ララークがマイル達に話し掛けてきた。

「レルトバードに招待された、と言っていたが、奴とはどんな関係だ？　そして、どんな理由で招待されたんだ？」

「「「「…………」」」」

答えづらいことを聞かれた。

そしてその質問に答えられるのは、メーヴィスだけである。

「……あ、あの、か、関係は、『剣で全力で戦った仲』で、理由は、その、私に会いたいから、ということらしい、……です……」

「ほほう……」

本人から直接聞いたわけではないので、断言することはできない。もしあれがあの少女の誇張が含まれたものであった場合、あの剣士に迷惑がかかるかもしれない。

しかも、それはマイルが望んだ『魔族の村訪問』を実現させるための方便に過ぎず、メーヴィスが本当に望んで招待を受けたわけではない。

そう考えると、自信のない言い方しかできないメーヴィス。

しかし、魔族の男は、当然のことながらそれを『メーヴィスが照れている』としか受け取らなかった。

……まぁ、仕方のないことであろう……。

「ええと、メーベルはおかあさま、メーヴィスはわんこ属性、メリーベルは銀のばら……」

そして、何やらぶつぶつと呟いているマイルと、その呟きの中身に、口元をひくつかせるメーヴィス。

「貝割れ、貝入れる、買い入れる……」

メーヴィスの反応には全く気付かず、呟き続けるマイル。

そして……。

「思い出した！」

ぴこん、と、頭の上に電球が点灯したかのような顔をして、手を打ち合わせるマイル。

「……何を、かな？」

そして、まだ少し口元のひくつきが残っているメーヴィス。

「あの兄妹の名前ですよ！　ほら、お兄さんがレーナさんに気があって、妹さんが招待してくれた！

確か、メーリルちゃんと、『カイレルにいさま』だったはずです。

えへへ、私、結構記憶力がいいんですよ」

「余計なことを思い出すなあああぁ～～っっ!!」

そして、真っ赤な顔で怒鳴りつける、レーナ。

「何だか、ハーフが増えそうな……、ヒィッ！」

何気なくそう呟いた魔族の男は、今から数人くらい殺しそうな顔のレーナに睨み付けられ、顔を

引き攣らせた。

マイル達には、それがツンデレの照れ隠しだと分かっているが、そういうのが分からない魔族の男にとっては、死の恐怖を感じさせる悪鬼の形相なのであった。

「どうどう……」

「馬かっ！」

マイルに宥められ、却ってヒートアップするレーナ。

そして、いつものようにぐだぐだになりながら魔族の村へと進む、『赤き誓い』一行であった……。

＊　＊

「ここが、魔族の村……」

ようやく念願の『魔族の村』に到着し、村へ入る少し手前で立ち止まって、瞳をキラキラさせているマイル。

まぁ、村自体は、どこにでもある普通の村である。人間との交流が全くないわけではないので技術は流入しているし、エルフの村のように自然との調和に拘った造りになっているわけでもない。

そして魔族の体格は人間と大して変わらないため、家の大きさや造りは似たようなものである。

ただ、角が少し大きい者もいるため、出入り口は少し高くなってはいるが……。

村の規模は割と大きく、町とまではいかないものの、ある程度の人口は抱えていそうである。

まぁ、そう小さな村だと大勢を人間の居住地域での作業に派出することはできないので、大きな町を持たないらしい魔族に依頼するなら、古竜がなるべく大きな村を選ぶのは当たり前であろう。

レーナ達は、エルフの村においては、謎の多いエルフがどのような家でどのような暮らしをしているのかかなり興味を持っていたが、魔族に関してはそのような興味はあまりなく、マイルの付き添い、というような認識での同行であった。

そしてマイルは、明らかに『無理にはしゃいでいる』かのような様子である。

おそらく、自分の我が儘でみんなに同行してもらった手前、『凄く喜んでいる』というポーズを取らなければ、とでも考えているのであろう。

本当のところは、今回の『魔族の居住区域訪問』におけるマイルの主目的は、マイルのライフワークであるアレ、『古竜の目的』……今では、既に大体の予想はついているが……に関する調査である。

しかしマイルはあまりそれをみんなに意識してもらいたくはないので、あくまでも自分の興味本位、物見遊山の旅だというポーズを崩さなかった。

「こっちだ」

マイルの小芝居など気にもせず、村の中へと案内する魔族の男、ララーク。

そして連れて行かれた先は、村の集会所というか公民館というか、まぁ、そういった用途の建物であった。

＊　＊

「人間が、それも子供と成人したばかりの若者達がわざわざ危険で険しい山を越えてまで、何用か？」

一応、招待を受けたから来た、ということは伝令役の者から伝わっているはずではあるが、ただ『招待を受けたから』という理由だけで来るには、ここはいささか人間の居住地域からは遠過ぎ、そして危険過ぎるであろう。それに、招かれたとはいえ、相手は大した知り合いでもない。

……というか、1回会っただけである。それも、敵対者として……。

正式なものでもなく、身分がある者からのものでもない適当な『お招き』程度の招待に応じてこんなところまで来る人間など、居ようはずがない。

「「「「…………」」」」

そして、村長や長老、有力者達とは少し離れたところで居心地悪そうにしているのは、あの時のリーダー、ザウィン。剣士レルトバード。そしてあの兄妹、メーリルちゃんと『カイレルにいさま』である。

最初にやられて力較べに参加しなかった男と、ポーリンのホット魔法による被害者の姿はない。

……マイル達には、何となく、その理由が分からないでもなかった。

そして、なぜか機嫌が良くないポーリン。

((いや、そりゃ、思い出したくもないでしょ……))

ポーリン以外の3人の心はひとつであった。

「わざわざ、私の招きに応じてくれたのか……」

「いえ、マイルが来たがったので……」

感激したかのような様子のレルトバードの言葉を、バッサリと斬り捨てたメーヴィス。

「え、メーリルからの伝言で、僕に会いに来てくれたんじゃあ……」

「マイルが来たがったから、ここへ入れてもらうための口実……、いえ、理由のひとつにしただけよ」

さすがに、この村に入れてもらうために嘘を吐いた、というのはマズいと思ったのか、少し説明を変えたレーナ。……大して変わっていないが……。

「「そ、そんな……」」

がっくりと肩を落とす、レルトバードとカイレルル。

「話が違うではないか！　お前達が『人間の少女が嫁に来てくれた！』とか言うから、主立った者達を集めての話し合いの場を設けたというのに！　何じゃ、お前達ふたり揃って、『勘助』かっ!!」

勘助というのは、『勘違い男』のことである。勝手に『あの女は俺に惚れている』と思い込んで、恋人気取りの言動を繰り返したり、ストーカーになったりする痛い者達を指す。

「ご、御招待を受けたというのは本当ですし、観光を兼ねての慰安旅行、ということで……」

このままではあまりにもふたりが気の毒なため、マイルがそう言ってフォローしたが……。

「危険な山岳越えをしてまでか？」

「えへへ……」

村長の突っ込みに、笑って誤魔化すマイル。

「で、どこから来たのじゃ？」

そして、更に村長からの突っ込みが続く。

「あ、ハイ、ティルス王国からですけど……」

「え？」

「どこだ、そりゃ？」

「聞いたことがないぞ、そんな国……」

こういう世界である。普通の村人にとって、近隣の数カ国以外の遠方の国々など、国名すら知らないのが当たり前であった。

古竜の依頼で遠方にも行っているが、人間達と交流するわけでもなく、人里離れた場所にある遺跡を調べるだけである。村の顔役達どころか、実際に現場に行っていた者達ですら、人間達が勝手に名付けた国名など覚えていない者が多かった。

遠くの国へは往復共に古竜が運んでくれるため、地図を見ることもない。

なので、村長や他の村人達からの怪訝そうな声が続き……。

「ま、まさか、遥か彼方、大陸南西部にある国のことでは……」

ティルス王国のことを知っていたらしい長老の、信じられない、と言わんばかりの言葉に、マイルはあっけらかんと答えた。

「はい、その南西部にある国の、王都から来ました」

「「「「な、何だとおおおおお〜〜!!」」」」

そう、それは、『慰安旅行』などという言葉で表すには、いささか、いや、あまりにも遠過ぎる距離であった。

「ばっ、馬鹿な！　そのような遠くから、ただの観光旅行でこんなところまで来る者がいるものか！

名物や名所があるわけでなし、人間とはあまり関係が良いとは言い難い魔族のところへ、長い月日をかけ、大きな危険を冒してまで……。

言え！　本当の目的は何じゃ！

……はっ！　ま、まさか、神子を狙って!!」

「「「神子？」」」

「「「「「あ〜……」」」」」

明らかに『初耳だ』という様子のマイル達に、長老がわざわざ自分から余計なことを教えてしまったと気付き、がっくりと肩を落とす村長達。

あまり関係が良くないとはいえ、一応は『魔族と人間は平等である』と謳われているし、互いに不可侵や犯罪行為禁止の条約も結ばれている。なので『秘密を守るために、小娘共を皆殺しに！』などというような暴挙に出られる確率は低いとは思うものの、それはあくまでも『低い』というだけであり、決してゼロではない。

もし、リスクより秘密を守ることの方が重要であると判断された場合……。

なので表情に表したり行動に移したりはしないものの、『赤き誓い』の面々は、一応は『いつでも戦闘行動に移れる』という態勢を取っていた。

「……我らにも、面子とか、矜持とかいうものがある。御先祖様に顔向けできぬこと、死後に女神の前で胸を張って神々の国への入国許可証を要求することができなくなるようなことはせぬ！」

マイル達の、僅かに体勢を変えたり杖を握る手にかかる力が増したりした様子から察したのか、横から『手合わせ』の時のリーダーであったザウィンがそう声を掛けてきた。

村の顔役ばかりの中に、あの時のメンバーの一部、プラス少年の妹であるメーリルが加わっているのは、当然のことながら、『赤き誓い』の知り合いであり、彼女達がこの村を訪問した原因……理由……だと主張しているからである。

なので勿論、ここにいる村人達の中では立場が下であるとはいえ、双方の仲介役としての発言は咎（とが）められるようなことはない。

（神子……）

そして、ザウィンのことはスルーして、考え込んでいるマイル。

（神子って、巫女とは違うのかな？）

現代日本ではごっちゃになっており、同じような意味として使われているが、厳密にはその両者には定義の違いがある。

しかし、勿論マイルは前世でもそのような専門知識はなく、今世での『アデル』、『マイル』としての勉強でも、そのような知識は学んでいなかった。

「とにかく、その『神子』ってのに会って、話を聞かなくちゃ！」

「やっぱりかあああぁっ!!」

「「「やっぱりねぇ……」」」

マイルの言葉に対して返された長老とレーナ達の言葉は同じような台詞ではあるが、勿論、長老が叫んだ言葉とレーナ達が呟いた言葉には、余りにも大きなニュアンスの違いと温度差があった……。

＊　　＊

とにかく、余りにも互いに関する情報量が少な過ぎる状態での言い争いは、状況を混乱させるだけであり、話が全く進まない。

ようやくそのことに気付いた一同は、仕切り直して、互いの自己紹介から始めることにしたのであった。

「『赤き誓い』、ティルス王国を本拠地として活動している、Cランクのハンターパーティです」

とりあえず、メーヴィスがパーティの紹介を行った。

そして、パーティリーダーとしての挨拶の後、詳細説明はマイルが担当。

こういう相手に対してどこまで喋ればいいのかは、マイル以外には判断が難しい。

また、遺跡やらゴーレム、スカベンジャーやらのことをどう説明すればいいのか、あるいは丸々カットするのか等も、それらの存在について本当に理解しているわけではないマイル以外の者には、判断が難しかった。なので、マイルへの丸投げも仕方ないであろう。

「古竜が獣人と魔族の皆さんに依頼して行っている遺跡の発掘調査の件は、概ね把握しています。

そして、人間との間で揉め事にならないよう、仲裁をしたこともあります。

また、ドワーフやエルフの一部氏族や、獣人とも少し関わりが。古竜にも、ちょっと顔が利きます」

「「「「**何モンだよ、お前らあぁぁっ!!**」」」」

あまり交流のない他種族とは、まず話し合いの場に立てるまでが大変なのである。

相手側の村と往復するだけでも多くの日数がかかり、そして敵対してはいなくとも、閉鎖的で互いに悪感情を抱いている相手と信頼関係を築くことなど、並大抵のことではない。

たとえトップ同士や外交官達は友好関係を築きたいと考えていても、それを良しとしない連中の反対とか、酷い時には勝手に一部の者達が使者を襲い、殺すことも……。

少なくとも、こんな小娘達にできるようなことではない。

「どうしてそんなに色々と伝手ができるんじゃ！　……特に、古竜様！！」

長老が、そう言って突っ込むが……。

「まぁ、色々とありまして……。

というか、ザウィンさん達との件は報告されているのでは？

あれ、そういえば、帝国の洞窟の件は……」

帝国のスカベンジャーの洞窟の件では、『赤き誓い』がケラゴン以外で話をした相手は獣人達で、魔族の者達とは最後の方でちょっと会っただけであり、直接は話さなかった。そのため、あの件においてはマイル達の名は魔族の村には伝わっていなかったようである。

「あれも、お前達かあああぁ～～！！」

そして、古竜は現場を任せている獣人達と魔族達にはあまり情報を流していないらしく、また、獣人、魔族間の直接の情報交換もされていないようであった。

古竜達にとっては重要なことらしいので、あまり情報が拡散することは望ましくないのであろう。

「そういえば、確かに人間の若い娘4人、とか言っておったな……」

洞窟の中でのことは魔族や獣人達には知られていないが、洞窟外のことについては、一応は報告を受けていたらしい。ようやくそれを思い出したらしい、魔族の面々。

「ん？　人間の小娘が4人？

4人の小娘。4人、4人……、あ！」

突然、ぶつぶつと何かを呟き始めたかと思うと、すうっとその顔が蒼ざめた村長。

「ちょ、ちょちょちょ、長老様、も、ももも、もしかして……」

「ん？　何じゃ、急に……」

長老はまだピンときていないようであるが、他の有力者達は村長の言葉に思い当たることがあるようであった。

「も、もしや……」

「古竜様から御通達があった……」

「「あ……」」

（あ〜、そういえば、私達のことは『安全のために』各部に連絡しておく、って言ってたわね……）

（言ってましたね……）

（言ってたねぇ……）

（言ってたですね……）

「……すまんが、もう一度、名を名乗ってくれぬか……」

村長が、そんなことを言ってきたので……。

「ハンターパーティ『赤き誓い』、リーダーのメーヴィス・フォン・オースティン！」

「同じく、赤のレーナ！」

「同じく、ポーリン！」

「同じく、いさか……マイル！」

さすがに、ここでは攻撃と誤解されかねない爆発や閃光、カラースモーク等は自粛するマイル。

そして……。

「「「「**すみませんでしたあああぁ〜〜!!**」」」」

（土下座って、かなり普及してるんだ……）

どうでもいいことを考える、マイルであった……。

＊　＊

「……というお話じゃったぞな……」

マイル達『赤き誓い』が、古竜から『手出しするな、逆らうな、関わった場合は友好的に振る舞って便宜を図り、早く帰ってくれるよう祈れ』と警告されていた、古竜でさえドン引きの『災厄』であることに気付いた村長達と、それを慌てて耳打ちされた長老が手の平を返し、マイル達の要望通りに魔族の間に伝わる伝説を話してくれたのであった。

勿論、話しても問題のないもののみであろうことは、マイル達も承知している。

さすがに、脅して無理矢理、というつもりはない。

そして、魔族の伝承シリーズを聞いたマイル達の感想は……。

「大筋は、他の種族の言い伝えと似ているのですが……」

「でも、内容が無茶苦茶偏ってたよね……」

「これじゃあ、ヒト種から嫌われるはずです……」

「どうしてそんなに『魔族至上主義』なのよ……」

そう、不評であった。

いや、物語としては、そう面白くないというわけではない。他の種族のものと同程度には神話や英雄譚としての要素や物語性を備えており、魔族の子供達に語り継ぐには全く問題ないであろう。

……ただ。

あまりにも『魔族ヨイショ』、『他種族下げ』が過ぎるのである。

そう、レーナが言った通り、あまりにも露骨な『魔族至上主義』。

人間、エルフ、ドワーフの『ヒト種』が嫌うわけである。

……獣人が仲良くしているのが不思議なくらいであった。

まぁ、獣人はヒト種から差別されていたから、同じように獣人を見下す相手ではあっても、あくまでもそう認識しているだけであり実生活においての差別……奴隷狩りとか、排斥とか、嫌がらせとか……をすることはなく表向きは平等に接してくれる魔族は、ヒト種よりは遥かに付き合いやすい相手だったのであろう。

それに、魔族は別に獣人だけを見下しているわけではない。

自分達以外の、全てのヒト型生物、つまり人間、エルフ、ドワーフ、獣人、妖精等、全てを見下しているので、獣人達にとっては、獣人だけを見下すヒト種の連中よりは余程マシな相手であったのかもしれない。

「……私なら、そんな相手とは関わりたくないわね」

「私も、必要最低限のこと以外には、あまり関わりたいとは思えないね……」

「契約事項を守り、ちゃんとお金を払ってくれるなら、まぁ、何とか我慢しますけど……」

「何ですか、『エルフやドワーフ、獣人、妖精とかの失敗作が続き気落ちされた神々が、それらの失敗を糧(かて)にして、最後にお造りになられた成功作。それが魔族である』とか……。

究極生命体？　完全生物？　『柱の男』ですかっ！　考えるのをやめればいいんですよっ、そんな連中……。

世界を導くべき種族？　選民思想にも、程がありますよっ！」

一見、みんなまともそうなのに。

それに、今まで発掘現場等で出会った魔族達は、敵対してはいても、皆、紳士的な態度であった。

「それが、どうしてこんなクソ思想に塗(まみ)れているのですかっっ！」

「あの、古竜のクソガキ……、クソお子様と同(おんな)じですよねぇ……」

「ポーリン、それ、全然お上品に言い直せてないわよ……」

「あはは……」

そして、真っ赤な顔をしてプルプルと震えている、長老や村長達。

みんな、本人達を目の前にして、ちょっと言い過ぎであった……。

普通であれば、怒鳴りつけ……、いや、殴りつけたいくらいの怒り。

しかし、相手がひ弱な人間の、しかも女で、おまけに未成年や成人したばかりの者達とあっては、実力行使など、もっての外(ほか)。そんなことをしてそれが他の種族に伝われば、一族の末代までの恥となる。

……尤(もっと)も、それ以前に、古竜からの警告を無視することなど絶対にできないが……。

古竜に逆らう、ということに対する抵抗感と、その警告を伝えた時に古竜が言った、『この警告を無視すれば、世界が破滅する……とまでは言わぬが、この集落くらいは破滅するかもしれぬぞ。

勿論、その場合には我ら古竜は一切手出しせぬ』という言葉を全く気にしないというならば話は別であるが、古竜がその手のことで冗談を言うような連中ではないことは、魔族の皆が知っていた。

「そ……、そ、それはさすがに言い過ぎではないですかな……」

ぷるぷると怒りに身体を震わせ、コメカミに青筋を立てていながらも、言葉遣いはあくまでも丁寧に、礼儀正しい口調でそう問い詰める長老。

（（（怒ってる、怒ってる……）））

マイル達も、別にわざわざ魔族を怒らせたり、年寄りを苛めたいと思っているわけではない。

……ただ、あまりにも調子に乗って勝手な言い分を吐き散らし、他種族を馬鹿にしている魔族の伝承をそのまま認めたり、それに話を合わせてやったりする必要を感じなかっただけである。

まぁ、はっきり言うと、『不愉快であった』ということである……。

「まぁ、そんなことはどうでもいいです」

「え……」

必死で感情を抑えての抗議を、マイルに『そんなこと』、『どうでもいい』と軽く流され、怒るどころか呆然とする長老。

「ん～……」

マイルは、何やら真剣な顔で考え込んでいる。

どうやら、悪気があったわけではなく、他のことを考えるのに夢中で、本当に『どうでもいい』と思っただけのようであった。

「じゃあ次は、さっき長老さんが言われた『神子』って人にお会いしたいのですが……」

「「「「…………」」」」

マイルの要求に、魔族側は黙り込んだまま誰も答えない。

「あの、神子さんと……」

「「「「…………」」」」

「神子……」

「聞こえとるわい！」

しつこく繰り返し尋ねるマイルに、怒鳴り返す長老。

どうやら、会わせたくないという気持ちと古竜からの指示には逆らえないという気持ちに挟まれて、返答に困っていたようである。

「ぐぬぬぬぬ……」

聞かれもしていないのに、長老が自分から口にしたのである。

自業自得。

なので、他の魔族達ですら、醒めた眼で黙って長老を見ているだけである。

本当は『神子』とやらの存在は隠しておきたかったであろうことは理解できるが、だからといって遠慮するようなマイルではなかった。

「急に言われても神子さんにも都合があるでしょうから、明日、お願いしますね」

「……」

「お願いしますね？」

「…………」

「お・ね・が・い・し・ま・す・ねっっ!!」

「わ、分かった……」

（勝った……）

前世の海里であった時には到底考えられなかったほどの、押しの強さ。

そう、マイルは『遠慮して、言いたいことも言えずに我慢する』という控え目な心は、地球に置いてきたのである。

ガンガン行って目立つのは嫌だけど、今回の人生では、やりたいことは我慢しない。言いたいことは言う。前と同じような生き方をするのでは、せっかく二度目の人生を与えてもらった意味がない。

だから、たまには強気で、図々しくやることにしているのであった。

（ん〜、でも、ちょっと雰囲気が悪くなっちゃったか……。

別に、喧嘩を売りに来たわけじゃないんだよねぇ。ちょっと、関係を改善しておいた方がいいかなぁ……）

珍しく、相手との関係を慮る(おもんぱか)るマイル。

そして……。

「じゃあ、続きは食事でもしながら……。勿論、料理や飲み物は私達に任せてください！」

「「「「え……」」」」

マイル達は、身に着けた装備以外は手ぶらである。

それにも拘らず、飲食の提供の申し出。

村の者達が驚くのも、無理はなかった。

＊　　＊

「……いや、だから、俺はメーヴィス殿を招待しようと、メーリルに伝言を頼んだのだ！　決しておかしな勘違いをしているわけではない！」

「ぼっ、僕は、べっ、別に頼んだわけじゃないけど、……というか、メーリルがレーナちゃんに会いに行ったということすら知らなかったけど、あの、その、……男としての責任を取らなきゃ、と思って……」

「私と何かあったみたいな言い方をするなアァァ!!」

レーナ、真っ赤になって、激おこ。

確かに、レルトバードの言葉はともかく、カイレルの台詞は誤解を招きかねない。うら若き乙女としては、聞き逃せないであろう。

あれから、マイルがアイテムボックスから出した調理済みの料理と飲み物……勿論、お酒を含む……で、場は宴会のようになってしまったのである。

アイテムボックスと、そこから取り出された温かいままの料理に啞然とした村人達であるが、ここは食糧事情が悪い辺境の地である。そして、この訪問者達(こむすめ)がここで毒を盛る理由はない。

自分達の命と引き換えに数名の村人を毒殺しても意味はないし、4人だけでここまで来ることができるような手練(てだ)れを、そんな馬鹿な用途で使い潰すような馬鹿はいない。

……なので、何も疑うことなく料理と酒に飛び付いた村人……長老、村長、有力者、ザウィン、剣士レルトバード、そしてあの兄妹、メーリルちゃんとカイレル達であった。

アイテムボックス……村人達の認識では、収納魔法……は、魔法が得意な魔族だけあって、人間よりは使える者が多く、そして全般的に容量も多かった。だからこそ、人間の街で買い込んだ物資を山岳越えで運ぶことがそう困難ではなく、このような辺境の地でもそこそこ文化的な生活ができているのであった。

なので、人間の小娘であるマイルが大容量の収納魔法(アイテムボックス)を使えることに驚きはしたものの、それを必要以上に疑問視したり奇異に感じることはなかった。

……その料理が温かいままであるとか、皿に盛られたままで溢れたり崩れたりしていないとかいうことを除いて……。

そして少しばかり疑問に思ってはいても、そんなものは、少し料理を食べた時点で全て消し飛んでしまった。

とにかく、マイルが作った料理は、この世界の料理とは次元が違う。

下処理、出汁、調理法、惜しみなく使われた調味料や香辛料。

マイルの料理の腕や知識は、日本では凡庸……それでも、高校生としては充分平均以上……であったが、食糧事情が悪い辺境の地で、新鮮な食材を使って日本式のやり方で調理された料理の数々が、村人達の胃袋を摑めないはずがなかった。

そして『赤き誓い』とメーリルちゃんを除いて、マイル提供の酒精が強い蒸留酒をがばがばと飲みまくった村人達は、既にかなり酔いが回っていた。

「我が孫ながら、情けない……。儂が若い頃は、女などいくらでも……」

「おじいさま！」

村長の、誇張された……ほぼ捏造の、しかも女性を馬鹿にした……自慢話が始まりそうになったため、慌ててそれを遮ったメーリルちゃん。

若い女性ばかりの客人をもてなすのに、そんな話を聞かせてどうしようというのか……。

「……って、子供組は、村長の孫かいっ！」

レーナが、思わずそう叫んだ。

考えてみれば、メーリルちゃんがただの『村娘A』であれば、あの古竜の少女シェララに背に乗せて運んでもらったということの説明がつかない。

これが、村長の娘だというのであれば、古竜の族長の娘シェララとは種族は違えど同じような立場であり、ベレデテスにくっついてきたシェララがメーリルちゃんと話をしたり、その内容に食い付いて手伝いを申し出たとしても不思議ではない。

また、カイレルにしても、成人して間もない者が重要な任務に就いていたことの説明になる。

そして、お酒と料理で機嫌が良くなった魔族側と、割と和やかに色々な話をした『赤き誓い』であった……。

*　　*

魔族の上層部との顔合わせは終わり、マイル達は村長からこのまま村長の家に泊まるよう勧められたが、それを辞退し、村のすぐ側の草地にテントを張った。

いくら酒の席では少し和やかであったとはいえ、初対面の、それもあまり友好的とは言い難い者の家に泊めてもらうというのは、油断できないため常に緊張して疲れ、心が安まらない。

外からの客は村長の家に泊めてもらう、というのが通例であり、それを断るのは少々非礼であることは承知しているが、仕方あるまい。

こちらは、向こうが嫌がる神子との対面を強要しているのである。食べ物や飲み物に何かが入れられているかも、とか、寝首を掻（か）かれるかも、とかいう心配がないわけではない。

襲撃は、マイルの防護魔法（バリア）や警報魔法（アラート）があれば熟睡していても問題ないとはいえ、やはり、敵地のど真ん中で寝るというのは、あまり心安まるものではない。

村の外の草地であれば、警報魔法（アラート）を広めに、何重にも掛けられるし、攻撃魔法を連射しても他の者を巻き込む危険性が下がるので、『赤き誓い』にとってはやりやすい。

まぁ、最大の理由は、村長の家に泊まると携帯式要塞浴室も携帯式要塞トイレも使えないから、ということなのであるが……。

「それで、満足のゆく成果だった？」

「はい！　謎が解けたわけじゃないですけど、着実に欠片（ピース）は揃いつつあります。

それに、たとえ大した成果がなかったとしても、『ここには、大した情報はなかった』ということが確認できて、それはそれで立派な情報ですから。『ない』ということを確認するのも、大事なことですよ」

レーナの問いにそう答えて、微笑むマイル。

「確かに、そこには敵軍はいない、という情報は、そこに敵軍がいる、という情報と同じくらい重要だからね。マイルが言う通りだ」

メーヴィスも、父親や兄達から教わったことを基に、マイルの考えを肯定した。

そして、ポーリンがマイルに尋ねた。

「で、今日魔族から聞いた話から、どういうことが分かったのですか？」

「それなんですよ……」

マイルが、自分の考えを語り始めた。

「まず、他の種族に伝わるものと、大枠では一致した内容でした。そして当事者だけあって、魔族に関する部分は更に詳しい内容が残っていたのですが、その大部分が……」

「「「自慢話!!」」」

レーナ達の声が揃った。

「そうです。他種族下げ、自分達上げ。そして、他者の悪口、デマ等、誹謗中傷を行う者は……」

「負け犬の遠吠え！」

「弱い犬ほどよく吠える！」

「自己紹介、乙!!」

マイルの誘いに、レーナ、メーヴィス、ポーリンが次々と辛辣（しんらつ）な言葉を吐いた。

「その通りです。本当に自分に自信がある者は、自分を誇りはしても、他者のことを悪く言ったりはしません。そんなことをすれば、自分の価値が下がるだけだということを知っていますからね。

他者を貶めようとするのは、自分に誇れるものがない者だけですよ。つまり……」

「マイルは、魔族が本当は自分達が他の種族より劣っているというコンプレックスを持っていると考えているのかい？」

「はい。他の種族の伝承にある、『魔族は我々を真似て造られた、まがい物』という表現。そして魔族に伝わる、『失敗作であった他種族の欠点を見て造られた、完全なる生命体』という表現。

双方に共通していることは……」

「「魔族は、他の種族より後に造られた……」」

「そうです。そして……」

マイルは、たっぷりと間を取ってから宣言した。

「魔族を含め、全ての種族は『造られたもの』と表現されていること。そして、なぜかその中には、『人間』は含まれていません。全ての種族の伝承において、共通して。

他の種族の名は全て挙げられているのに、なぜか人間だけが……」

「「あ……」」

そして、マイルは考えていた。

（神子……。

この世界には、『神』はいない。そう、この世界で『神』に代わるものといえば、ナノマシン、そして遥か昔に存在し、今は失われた『神の国』に住んでいたと言われる者達……。

その神々の子、『神子』とは、いったい何を指すのだろうか……)

「まぁ、全ては明日、神子とやらに会ってからですよね」

「また、あの古竜の『指導者』ってガキみたいなのじゃないの？」

「勘弁してよ……」

マイルの締めの台詞に、茶々を入れるレーナと、げんなりしたような顔のメーヴィス。

お金が絡まない場合は常に一歩引いているポーリンは、ただ苦笑するのみである。

「とにかく、明日に期待しましょう」

そう言って、恒例の『にほんフカシ話』を始めるマイルであった……。

＊　　＊

「こっちじゃ、ついてきてくれ」

あからさまに嫌そうな顔をした村長と長老、そして今回は顔役達ではなく30代くらいに見える６人の魔族達が同行し、マイル達を案内した。

これは、明らかに『マイル達が神子に手出ししようとした場合、取り押さえるための要員』なのであろう。６人は皆、剣やら槍、短弓等を装備しており、そういうつもりなのを隠す素振りすらないようであった。

……というか、おかしな真似をさせないための威圧効果を狙い、殊更にそれを強調しているものと思われる。

（まぁ、仕方ないですよねぇ……）

（向こうにとっちゃあ、武装した見知らぬ連中がいきなり押し掛けてきて、自分達にとって超重要な人物に『会わせろ』って要求したわけですからね）

（護衛もなしで会わせるわけがないわよね）

（ああ、彼らにとっては当然の行為だよね。私達のために大勢の人手を割かせて、申し訳ないよ）

小声で、こそこそとそんなことを話している『赤き誓い』の４人。

人間より聴覚が優れている魔族にはひそひそ話も聞こえているかもしれないが、別に聞かれて困るようなことでもないので、マイル達はそう気にすることもなく小声での会話を続けながら、前を歩く村長と長老の後について歩いていた。

６人の男達は、マイル達のやや後ろについている。なので一応、小声であればよく聞こえないくらいの距離は離れている。……相手の聴覚が人間程度であったなら、であるが……。

そして、マイル達が案内されたのは、１軒の普通の民家であった。

「ここじゃ」

長老が足を止めたため、マイル達もその民家の前で立ち止まった。

そして村長が、民家の戸を叩いた。

「儂じゃ！」

数秒後に、戸が開けられて30歳前後の女性が姿を現した。

「ど、どうぞ……」

どうやら昨日のうちに説明を受けていたらしく、少し怯えたような様子ではあるものの、村長を始めとする大人数での訪問を不思議に思っている様子はない。

そして、村長に続き、ぞろぞろと家屋の中へ入ってゆく一同。

「よ、ようこそお越しくださいました……」

通された家の中には、女性の夫らしき人物と、その背後に立っている10歳くらいの少女の姿があった。

玄関を入ったところの部屋は居間らしく、食事用のテーブルと4脚の椅子があるが、当然ながらこの人数を全員座らせられる数の椅子はなく、そしてそのためのスペースもない。なので全員立ち話となるが、村長が促して、少女だけは椅子に座らせた。

「この子が、神子じゃ」

長老が、そう言って椅子に座った少女の方へと手を向けた。

どうやら、これから先は村長ではなく長老が担当するらしかった。

……そして、少女のことはただ『神子』と紹介するだけで、名前すら教える気はないらしかった。

（この子に関する情報は、極力教えない、ってことか……）

そう思うマイルであるが、マイルも、別に無理に名前を知りたいとは思っていない。

マイルが知りたいのは、ただ、情報のみ。

……それは、この世界のことや人間に酷似した多くの種族達の謎についてであり、いくら特殊な立場であろうと、どこかの誰かの個人情報が知りたいわけではない。

なので、長老達の態度は気にすることなく、椅子に座っている神子……、気弱そうで、少し怯えているように見える少女に向かって話し掛けた。

「こんにちは。私、ハンターをやっている、マイルっていいます。お嬢ちゃん、神子なんだって？」

「…………」

初対面の、しかも魔族とはあまり仲が良いとは言えない人間に馴れ馴れしく話し掛けられて、恐れも警戒心も抱かないような魔族の子供はいない。

おまけに、昨夜からずっと、父親や母親から『人間に関する怖い話や、警戒すべきこと』を繰り返し聞かされているであろうこの子は、尚更だ。

なのでマイルは、優しく話し掛けて少女を安心させようとした。

そして……。

「控えおろう、この無礼者めが！　我を何と心得る!!」

神子の少女は、全く、マイル達を恐れている様子はなかった……。

会う前は『祭り上げられていい気になっている、世間知らずの子供』かな、と思わせておいて、実際に会ってみると、実は神子扱いされて戸惑(とまど)っている、おとなしく気弱な少女……だと思わせて、本当は調子に乗っている傲慢な馬鹿。

「「「だ、ダブルトリック!!」」」

あれだけ毎日、マイルの『にほんフカシ話』でネタや伏線、叙述トリック等に慣れているというのに、見事に引っ掛かってしまった4人であった。

そして、やられた、と、素直に敗北を認める『赤き誓い』一同。

「あ～、古竜の『指導者』とやらと同じ、馬鹿ガキタイプかぁ……」

「馬鹿ガキタイプですね……」

「馬鹿ガキタイプだよね……」

「たはは……」

(先史文明(フォア・ランナー)の線は、ナシか……)

マイルは、自分が予想していたふたつのことのうち、片方は『可能性なし』として頭の中から破棄した。

そう、少女には可愛い角が生えていたし、どう見ても普通の魔族の少女であった。

マイルが予想していたうちのひとつ、『冷凍睡眠(コールドスリープ)や時間停滞フィールドにより保存されていた、先史文明人の生き残り』というのは、ボツである。

そもそも、数百年とかであればともかく、あのスカベンジャーがいた地下施設にあった『ただの赤錆の粉』とか、『原形すら留めていない、錆の塊』とかから考えて、先史文明が滅びてからは既に『数百年』とは桁がいくつか違う、膨大な年月が過ぎ去っているはずである。

あそこの施設にあった機械類が、錆びやすい低品質の鉄とかで作られていたとは到底思えないのであるから……。

たとえ動力源が原子力やそれを上回る超エネルギー源であったり、太陽光発電のような無限のエネルギーを利用していたとしても、それらを支える機械自体がそのような年月を超えて存在し続けることができなかったであろう。

……そう、冷凍睡眠（コールドスリープ）であろうが時間停滞フィールドであろうが、エネルギージェネレーター、補機、周辺機器、そしてカプセル本体も、数万年、数十万年の時を超えて持ち堪（こた）えることは不可能であろう。

それに、それだけの年月の間には、地殻変動、火山活動、その他様々な天変地異によって地形が変わるほどの大災害等も起こったであろう。どのような施設であろうが、あまりにも長い時の流れを乗り越えることはできまい。

（……ということは、やっぱり、もうひとつの方か……）

そう考えたマイルは、『神子』と呼ばれる少女に対して、決定的な言葉を口にした。

「……神子さん。あなた、権限レベルはいくつなのですか？」

「え？」

偉そうな態度で、椅子に座ったまま『ふふん！』というような態度であった少女が、眼を見開いた。

（これくらいはいいだろう。他の人達には何のことか全く分からないだろうし、これで私が『知っている』ということは充分伝わったはず……。後は、今夜にでもふたりだけで会って話をするか、ナノちゃんに中継役をお願いして『脳内リモート会議』を開いてもいいし……。

そして、この様子だと、ほぼ間違いないか。この子も、ナノマシンに対する権限レベルが……）

「いったい、何を言っているのじゃ？」

「え？」

思っていたのとは違う『神子』の反応に、驚くマイル。

「じゃから、『けんげんれべる』というのは、何のことじゃ？　一体、何を言っておるのじゃ？」

「え？　ええぇ？　えええええ～っっ!!」

マイル、呆然。

淑女、呆然。（レディー・ボーゼン）

「……で、では、あなたはいったい、何の『神子』なのですか？」

マイルの問いに、少女は、何を当たり前のことを、というような顔で答えた。

「神子なんだから、神様の御寵愛を受けし愛し子に決まってるでしょ！」

どうやら、勿体を付けた偉そうな喋り方をするのが面倒になったらしく、普通の喋り方に戻した神子の少女。

……所詮、子供であった。

「え？」

そして、先程から『え』としか言っていないマイル。

「で、では、神様から直接、御託宣を？」

マイルが、核心に迫る質問をしたところ……。

「ううん。私が直接お話しするのは神様とじゃなくて、姿の見えない御使い様とだけど、御使い様は神様の配下だから、つまり神様のお言葉を伝えてくれているということよ。だから、私は神様の御寵愛を受けし者、つまり『神子』よ！」

それを聞いて、マイルは考え込んでいた。

（う～ん、確かに、この大陸での宗教観からいえば、その解釈は間違っちゃいないか……。

というか、そう解釈して当然だ。もしそれが、本当に『御使い様』だったなら、だけど……）

マイルが考えている通り、それは本当の神の御使いではなく、『アレ』である確率が非常に高かった。

（……ナノちゃん？）

『ノーコメントです。他の者の担当事項については、勝手に情報を提供することはできません』

（いや、ソレ、言ったも同然じゃない！）

ナノマシンのあまりの自爆振りに、呆れた様子のマイル。

勿論、ナノマシンがわざとやっていることくらいは承知の上での、『ボケに対する、突っ込み』である。マイルは、そういうことには律儀なのであった……。

（禁則事項のうちの、『特定の勢力に便宜を図ってはならない』、『他の勢力の情報を「探知魔法」というような手段に因らずに提供してはならない』というやつか……）

それを回避して、それとなく自分に情報を教えてくれているらしいと知り、心の中でそっとナノマシンに感謝するマイル。

（仕方ない、自分で情報収集に努めるよ）

『申し訳ありません……』

（いや、ついうっかりと聞いちゃったけど、本当はナノちゃんに聞くべきじゃなかったよ。ごめん、気にしないでね）

マイルは元々、知りたいことを何でもナノマシンに聞いて済ませるつもりはなかった。

それはあまりにもズルが過ぎるし、それでは人生、面白くない。

人命に関わるとかいう場合には躊躇することなくどんな手段でも使うが、そうでない時には、なるべく『魔法の行使』という形以外でナノマシンに頼るのは自粛しようとマイルが考えるのは、決してておかしなことではないであろう。

（え～と、じゃあ、自分で聞くか。それも、レーナさん達や他の魔族の人達に聞かれることなく、ふたりだけの時に……。よし！）

（ナノちゃん、私が考える言葉をこの子の鼓膜を振動させることによって伝えることは可能？）

技術的に可能であることは、当然分かっている。問題は、『禁則事項』とやらに抵触するかどうか、ということであるが……。

『問題ありません。我々が話し掛けるわけではなく、ただマイル様の思念によるお言葉を鼓膜を振動させることによって伝えるだけですから。拡声魔法や、空中に音波のダクトを形成することによって声の遠距離伝達を行う魔法とかと同じようなものですよ。

まぁ、念の為に「魔法の行使」ということにしていただけますと、より完璧ですが……』

どうやら、問題ないらしい。元々、権限レベル3、『ナノマシンが会話することを許された者』であろうから、多分大丈夫だろうとは思っていたようであるが……。

（分かった。じゃあ、行くよ……。思念による言語を対象者の鼓膜を振動させることによって伝える秘匿交話魔法、発動！『神子さん、他の者には内密で、ふたりだけでお話ししたいことがあります。今夜、皆が寝静まった後に、家から出てきてくださいませんか。了解なら1回、嫌なら2回、咳（せき）をしてください。

あ、この声はあなたにしか聞こえていませんから、声に出しての返事はしないでくださいね』)

「え……」

突然、眼を見開いて声を漏らす『神子』。

「どうした?」

父親と思われる男性が、神子の少女に怪訝そうな顔で問い掛けるが、少女はそれには反応しない。

他の者達も、不審そうな顔をしている。

それも無理はないであろう。神子への問い掛けはマイルひとりが行っていたのに、マイルは先程から何も喋らず、顔は神子の方を向いているものの、ぼうっとしている。それだけでも皆が不審に思っているというのに、神子の様子までおかしいとなると、怪訝に思うのは当然であった。

硬直したまま、動かない神子。

おそらく鼓膜を振動させて伝わった声は、今までの『御使い様』の声ではなく、周波数や波形をマイルの声に合わせてあったであろうし、その内容からも、明らかに『御使い様』ではないと分かるであろう。

そして、硬直が解けて動きを見せる神子。

「ふぁ」

「……ふぁ?」

咳による合図ではなく、何かを言おうとする神子。

「ふぁ……」

何を言うつもりなのか。

それは、ここにいるみんなに聞かれても大丈夫なことなのか。

止めるべきなのか。

マイルがどうするべきか躊躇(ためら)っていると……。

「ふぁあ〜〜っくしょい！」

「咳じゃなくて、くしゃみですかあああぁ〜〜っっ!!」


「ごほん！」

どうやら、先程のくしゃみは意図したものではなかったらしく、少し顔を赤らめて、改めて咳をした神子。回数は1回。了解の合図である。

……まぁ、それ以外の返事はないであろう。

神子が今まで『御使い様』と話していたのと同じ方法で、しかし異なる声と喋り方、そして明らかに『御使い様』からのものとは思えない内容で話し掛けられたのである。

そもそも、声質と現在の状況から、この声……鼓膜の振動によるメッセージ……の発信者が、自分の目の前にいる銀髪の少女だということは丸分かりのはずである。

『御使い様』と同じ方法で自分に話し掛ける謎の少女からの、他の者には内密の話をしたいという申し出。無視できるはずがない。少なくとも、自分が神子だと信じている子供には。

他の者が大勢いる今は、これ以上は話せることはない。あとは、夜のお楽しみである。

なので、マイルはもう用は終わったと長老に告げ、早々に引き揚げるのであった……。

＊　＊

「……で、どうだったのよ？」

村の外に出したままになっているテントに戻り、お茶を飲みながらそうマイルに尋ねるレーナ。

首尾がどうだったのかは、神子と呼ばれる少女と『レーナ達には意味の分からない会話』を少し交わしたマイルにしか分からない。なのでレーナがマイルにそう尋ねるのは当然のことである。

そしてマイルは、少し考え事をしながら答えた。

「……今晩。今晩確認しますから、もう少し待っていてください……」

マイルは、勿論神子とは自分ひとりだけで会うつもりであるが、そのことをみんなに隠して、内緒でこっそりと会うつもりはない。

ひとりでテントを抜け出すのがバレないはずがないし、敵地でみんなに睡眠魔法を掛けるわけにもいかない。

……いや、たとえ敵地でなくとも、そしていくら障壁魔法（バリア）を張っていても、それは『やっちゃ駄目なこと』である。

仲間に、勝手に睡眠魔法とかを掛けるのは、攻撃行為というか、騙し討ちというか……。

とにかく、どうしてもそうしなければならない理由がない限り、軽々しくやっていいことではない。

そもそも、みんな、自分のために大遠征……たまたまケラゴンのおかげで短時間で済んだものの、普通であれば何カ月もかかる旅になったはず……に付き合ってくれたのである。なのでマイルは、この旅においては、おかしな隠し事をするつもりはなかった。

それに、神子と一対一(タイマン)での話し合いをすることは、仲間達に知られても何も困らないし、逆に、そのことを隠していたら後で話の整合性が取れなくなる可能性があり、却って自分の首を絞めることになる。

なので、話し合いの存在自体は正直に伝え、あとで結果を報告する時に、その内容を一部省略したり、大幅に加筆修正すればいいだけである。なるべく、嘘は少なくして……。

勝負は今夜。

「なので、昼間は魔族の村や周辺部を見物しましょう！」

そう、まだ朝2の鐘(午前9時)も過ぎていないのである。夜までには、まだまだ時間がある。

そして、せっかく来た遠方の地、魔族の里である。見物しなきゃ損、と考えるのが当たり前。

「そうね、古竜に運んでもらわない限り、もう二度と来ることもないわよね……」

「一生に亘(わた)って、何度も繰り返し話して聞かせられるネタですよ、隅々(すみずみ)まで見て廻りましょう！」

「うん、貴重な体験になるだろうからね。今後、魔族と会う機会があれば、この経験がきっと役に立つだろうと思うよ」

マイルの提案に、全員が賛成した。

「じゃあ、午前は村の中を見て廻り、午後は村の外、周辺部を廻るわよ。そして村の外では、いい値が付きそうなものを見つけたら、少し狩ったり採取したりする、ということでいい？」

狩りや採取は、お金のためではなく、このあたりのことを知るための勉強が目的である。

そしてさすがに、マイルの探索魔法を使って根こそぎ、とかいうような、はしたない真似をするつもりはないようであった。そんなことをすると、魔族達にとって大迷惑である。

「「「おおっ！」」」

そしてマイルは、夜の話し合いに期待をかけていた。

（神子ちゃんから、役に立つお話が聞けるかな……）

＊　＊

村の者達が寝静まった頃。

マイルがそっとテントから出て、出撃した。

勿論、テントから出る前に隠蔽魔法により姿を消し、遮蔽魔法(シールド)により音と匂い、振動も完全に遮断している。

魔族は元々警戒心が高い上、村のすぐ側に怪しい連中がテントを張っているのであるから、人々が寝静まり明かりが消えた後も、見張りがいるのは当然であろう。村の中にも、そして『赤き誓い』のテントの側にも。

なので、マイルはテントから出る前に姿を消しておいたのである。

そしていくら遮蔽魔法(シールド)を使っているとはいえ、やはり心情的なものがあるため、そっと忍び足で村へ入るマイル。

探索魔法には、『赤き誓い』のテントを見張っているらしき反応がビンビンである。

村の入り口にも、門番がふたり、物陰に潜んでいた。

堂々と立っているより、隠れてのんびり見張っている方が楽であるし、敵の奇襲で警報を出す暇もなく一瞬で倒される危険性を減らすことができ、更に侵入者の油断を誘えるという、非常に論理的な判断である。

……マイルに対しては、役に立たないが……。

おそらく、門番は『赤き誓い』への対応というわけではなく、常時立てている村の警戒員なのであろう。

マイルは見張り員達をスルーして、神子の少女の家へと向かった。

そして……。

（よしよし、神子ちゃんの家には見張りはいない、と……）

探索魔法で神子の家が重要警戒場所にはなっていないらしいと知り、にんまりと笑うマイル。

昼間堂々と会い、好き勝手な質問をして、アテが外れたと言わんばかりの失望の表情でさっさと引き揚げたのである。ここが重要警戒場所の候補から外されるのは当たり前であった。

（神子ちゃんは、と……、いたいた！）

結構寒いのに、既に神子の少女は戸外に出て待っていた。

まぁ、それだけマイルの話とやらが気になっているのであろう。

（よし、隠蔽魔法を解いて……、と、いや、イカンイカン！）

すぐ側でいきなり隠蔽魔法を解いたりすれば、驚かせ、叫び声を上げられる可能性がある。なのでいったん離れ、家の陰で魔法を解いてから、ゆっくりと近付くことにしたマイル。

そして、遮蔽魔法（シールド）を少し広めに張り……。

「遅いわよ！」

大声で怒鳴られた。

……まあ、こういう事態に備えたわけである。

神子に近付くと、自分と神子を覆う狭い範囲で隠蔽魔法、遮蔽魔法（シールド）を掛け直したマイル。

これで、他の者からは姿も見えず声も聞こえず、そして気配すら察知されることはない。なので、このままここで話しても大丈夫である。

オマケとして、空気は少しずつ入れ替わり換気されるものの風は防ぎ、遮蔽魔法内の空気が暖められるという親切仕様である。

「暖かい……」

神子ちゃんにも、御好評のようであった。

「……で、何なのよ、話って……。そもそも、何者よ、アンタ……」

御使い様と同じ方法で自分に意志を伝えることができる存在。

普通であれば、御使い様か自分と同じような存在、つまり『神子仲間』かと思っても不思議ではないであろうが、この少女はマイルが下等な人間であり、そして年齢も自分とさほど変わらないため、自分より下位のものとしか認識していなかった。そして更に……。

「……その恰好。確か、ハンターとか言ってたわね、今朝会った時……。他に能がない者が就く、危険で貧乏暮らしの、最底辺の職業の……」

魔族は人間の街で暮らすことはないし、魔族の中にはハンター関連のギルドも、そういう職業もない。なのに、この村から一歩も出たことのない神子の少女がハンターについてそれだけ知っているというだけでも、大したものである。

おそらく、色々と勉強し、知識を蓄えているのであろう。

そして……。

「……私ですか？　ある時は片目の御者……、いや、今はそれはいいですよっ！」

ワケが分からず、ぽかんとしている神子の少女。

「ええと、あなたは『御使い様』と話ができるんですよね？　そして、自分が神子であると思い込んでいる、と……」

「失礼ねっ！　思い込んでるんじゃなくて、事実、神子よっ！」

（あ～、まぁ、本人の主観としては、そうか……）

そこはもう突っ込むまい、と考えるマイル。

「え～と、その『御使い様』の声が聞こえる、ということで、幼い頃から村の皆さんに神子として敬われ、ちやほやされて、贅沢をさせてもらっていると？」

「そんなわけないでしょ！　『御使い様』の声は私にしか聞こえないのに、子供がそんなことを主張したからといって、大人達が素直に信じてくれるとでも？」

「た、確かに……」

普通であれば、子供の戯れ言としてスルーされれば良い方で、下手をすると嘘吐き呼ばわりか神に対する冒瀆として、大事になるだろう。

「じゃあ、どうして……」

マイルの疑問に、少女はあっさりと答えた。

「頑張ったからよ！」

「が、頑張った……？」

そう言われても、意味が分からないマイル。

「そうよ。魔法の練習中に初めて『御使い様』からお言葉を賜ってから、私にはよく分からないことを何度も何度も何度も繰り返し、根気良く質問を重ねて、少しずつ少しずつ『御使い様』の御説明が理解できるようになったのよ。何年もかかって……。

そうしてようやく得た叡智を村の人達のために役立てようとして、最初は信用してもらえずに馬鹿にされ、嘘吐き呼ばわりされて……。

それに挫けずに何度も提言やアドバイスを続け、病気の人に治療法を勧めようとしたら『子供のお遊びで殺されて堪るか！』って怒鳴られて殴られ、赤ちゃんの防疫について教えようとしたら『赤ん坊は子供の玩具じゃない！』といって蹴り飛ばされ……」

その時のことを思い出したのか、少し涙目の神子。

（あちゃ～……。この子、真面目で良い子だ……）

「そして、徐々に実績を積み重ねて、ようやく私が本当に『御使い様』の声を聞いていると納得してもらえて、やっとのことで神子としての評価を得たというわけよ。

まぁ、提言やアドバイスを真剣に聞いてもらえるというだけで、別に担ぎ上げられたり贅沢をさせてもらったり美味しい食べ物を貢がれたりしているわけじゃないけどね……。いいように使われて、ただ働きさせられているだけよ」

「世知辛え～!!」

その不屈の努力に感心して見直すと共に、思っていたのとは違う神子の待遇に、そっと心の中で涙するマイル。

（そうか、私が自分のポリシーで『ナノちゃんに何でもかんでも聞くのはやめよう』と思ったのとは違い、何でもかんでも聞く、という方針にしたわけか……。

確かに、私は状況を知っていたし、この世界の文明は地球よりかなり遅れているから、そんなに知りたいこともなかったし、何より私は『第二の人生を楽しみたい』という考えが強かったから、ネタバレ的なことはやりたくなかったんだ……。

でも、この子にとっては、これは唯一の人生であり、自分と家族、そして村の人達が少しでも安全で幸せに暮らせるようになるためならば、自分の能力は全力全開で発揮するべきものなんだ……。

そして、疑問に思ったこと、村で生起した問題の解決法、その他諸々をその都度、理解できるまで何度も何度も繰り返しナノマシンに質問し続けて、徐々に知識を積み上げてゆき、『論理的な思考法』を身に付けていったんだ……。

大人達に馬鹿にされ、嘘吐き呼ばわりされながら……。

それに、確かに大人達はこの子のことを『神子』と呼び、決して『神子様』とかの敬称を付けて呼んだりはしていなかった。

つまり、自分達に利益を与えるための役目は要求しながら、感謝や敬意を抱いたり特別待遇をしたりすることはなく、立場の低い『村の子供』としての扱いは変えなかったというわけか……。

余所者の眼から隠すべき、この村にとって必要な、重要な役目を果たす者だと認識していながら……。

自分達より上位の者が誕生することは許さず、自分達の命令を聞く、下位の立場に留めたわけか……)

それは、幼い少女にとって、どれ程の苦難の途であっただろうか……。


「……で、私のことばかり聞いてるけど、アンタは一体何者なのよ！　人間の、しかも底辺層のハンターのくせに古竜様と知り合いらしいし、そして、どうして『御使い様』と同じやり方で私に話し掛けられるのよっ！」

どうやら、マイルが『御使い様』であるなどという可能性は端から考慮していないらしかった。

それはまぁ、無理もないであろう。女神の御使いであり、姿を見せたことのない『何でも知っている、謎の高位存在』が、こんな抜けた顔の底辺層の人間だったなどということは、思考の片隅にすら浮かぶはずがなかった。

そして、考えられる可能性としては……。

「あ、そうか！　アンタ、『御使い様』が哀れんで御慈悲を賜られた、人間の神子ね！

何か、『御使い様』を介して女神様から私に対する使命を授かってきたの？　私の下僕となって尽くすように、とか……」

それであれば、伝言が『御使い様』を介して自分に伝えられたことにも納得がいく。

そう考え、人間の神子は自分より下位であると信じて疑わない、魔族の少女。

マイルの方から自分のところへ遠路遥々表敬訪問にやってきたのであるから、自分達が人間より格上だと思っている魔族の少女がそう考えるのは当然のことであった。

しかし……。

「いえ、確かにナノちゃん……『御使い様』と話はできるけど、私は別に女神様と知り合いだとか関係者だというわけでは……」

女神様ではなく、神様とは知り合いだけど、という言葉は、心の中で思うだけで、口には出さないマイル。

この少女が思っている『女神様』とか『神様』とかは、あの、自分が会った神様とは全然違うものを指すのだろうと思っていたので……。

「ええっ！　それって、どういう……、あ、そうか！　女神様に選ばれた私とは違って、『御使い様』がただの使い走りとして現地調達しただけの、少し『御使い様』のお言葉を聞き取る能力があるだけの小者ね！」

あまりにも調子に乗った少女の言葉に、ぐぬぬ、と少し悔しい思いのマイルであるが、相手は子供だと自分に言い聞かせ、にっこりと微笑んだ。

そう、今は情報を得るべき時である。子供の戯れ言など、スルーすべきであった。

「まぁ、そういうわけで、私は女神のお言葉を聞くことができる者として、神子をやってるわけよ。女神様からは宗教的なこととかについての御指示があるわけじゃなく、ただ私からの相談や質問に答えてくださり、その叡智の一端を分け与えてくださるのよ。

禁則事項(それはダメ)とか言って、教えてもらえない時もあるけど……」

『御使い様』の指示で動いている者を警戒する必要はない。なので、正直に色々と教えてくれる神子の少女。

そして少女の説明により、大体のことは分かったな、と納得するマイル。

そう、余程才能があったか適性があったかで、たまたま『権限レベル3』となった魔族の少女が、魔法の練習中に偶然ナノマシンに話し掛けるような言葉を口にして、ナノマシンからの返事を得たのであろう。

アレンジした呪文の中で、『魔法を司る(つかさど)もの』に対してのお願いの言葉や思念が追加されることなど、ありそうなことである。

「そして、年に一度の『古竜様の御訪問』の時に、村長の指示で古竜様とお話しする機会があったのよ。

それで、その時に先史文明(フォア・ランナー)の遺跡のことを古竜様に教えて……」

「ちょ、ちょちょちょ、ちょっと待ったあぁ～～!!」

　少女のいきなりの爆弾発言に、思わず叫ぶマイル。

　防音結界を張っておいて、幸いであった……。

「そ、そそそ、それはいったい、ど、どど、どういうこと……」

「え？　いえ、それまでに『御使い様』に根掘り葉掘り聞いていた様々な質問に対する答えの中に、時々出てきたのよ、『大昔に滅びた文明』の話が……。

　で、私がそれについて色々と聞いて、その件についてはかなり禁則事項の幅が広かったから『重要なことなんだな』と思って更に質問を重ねて、答えてもらえない場合は聞き方を変えたり別の方向から攻めたりして、とにかく禁則事項が多い方向に突っ込み続けたワケよ。

　そして教えてもらえた僅かな断片をつなぎ合わせて出した結論が、『何か、この世界やべぇ！』ってことなんだけど……。

　それで、古竜様達にそれを伝えて、色々と話し合ったのよ」

「どんだけ遣り手なんですかあああぁ～っ！　やべぇのは、あなたですよっっ!!」

　マイルが敢えて選ばなかった選択肢である、『何でもかんでも全て、ナノマシンに聞きまくる』という方法を選んだ少女であるが、こういう文明レベルの世界で、『閉鎖的な田舎の村に住んでいる普通の少女』としては、頭が切れ過ぎる。……プッツン、じゃない方。

　しかしそれも、おそらくは『権限レベル３』を与えられるにふさわしい者、ということで、元々非常に優れた能力を持っていたのであろう。

古竜であればレベル2、人間であればレベル1で生まれ、ごく稀にレベル2、そして極々稀にレベル3の人間が現れることもある、ということであるが、魔族の場合は、人間よりもレベル2〜3の者が発現する確率が高いであろうことは容易に想像が付く。……その魔法への適応度を見れば。

しかしそのレベル3が、長年の研鑽の結果、年老いて死ぬ寸前に到達するのではなく、こんな幼い時に発現するというのは驚きであった。

おそらく、先祖返りか突然変異、もしくは何かそれに類することでナノマシンによる高判定を得たか、あるいは優れた知性を持つ、魔族の進化の最先端にいる者か。

それとも、先行種として歴史の狭間に現れてそのまま消えてゆく、進化系統樹に咲く徒花（あだばな）か……。

それでも、とにかく今ここに存在する生命としては、この少女はこの惑星屈指の知的生命体であると言えよう。

「でも、古竜様達は私の説明があまりよく理解できないらしくて……。日常的なことに関してはとても聡明な方々なんだけど、どうも普段とは全く違うこと、新しいことについてはなかなか理解してもらえないのよ……」

そして、少女の愚痴が、何となく理解できるマイル。

（ああ、脳が小さいから……。無理矢理脳を進化させて知性化しても限界があって、これ以上の発展が見込めないのかな。自然な進化じゃなくて、脳が小さいのに無理をさせたから……。容量的にキツキツで、冗長性のための余地が残ってないのかも……）

古竜に対してとても失礼なことを考えているマイルであるが、マイルが前世での知識を基に立てた推論では、古竜の存在に関しては『そういうもの』であると考えられているが、それは既に古竜が脳のリソースを目一杯使い切った状態でのものであり、将来的に、これ以上の発展の余地はないのであろう。それに対して、人間を始めとするエルフ、ドワーフ達、ヒト種。そして獣人や魔族、妖精等を含むヒト型生命体においては、まだまだ発展し進化する余地がある。

そう、マイルは、古竜はあくまでもその程度のものに過ぎないであろうと考えているのであった。

（でも、いくらあの手この手で色々な角度から何度もしつこく聞きまくったからと言っても、そこまで教えてくれたの？　私にくっついてるナノちゃんは、もっと渋いよ？　しょっぱいよ？）

【うるさいですよっ！　マイル様は色々とご存じですから、その方面の御質問が全て、ことごとく禁則事項に引っ掛かるのですよ！　それに対して、この少女は何も知らないため、ひとつひとつの質問が単純で、限定された範囲のものであるため、答えられるものが多いのですよっ！】

何となく、ナノマシンが言うニュアンスが理解できたマイル。

（あ、なるほど……）

【それに、我々に関することや他の勢力に関すること、そしてこの世界の未来への影響が大きいことに関しては制限が大きいのですが、この世界に関することであっても、既に過ぎ去った過去のことであれば、他に与える影響が殆どないということで制限がかなり緩いですからね】

（あ〜、そういうわけかぁ……）

ナノマシンの説明に、納得するマイル。

マイルも、『先史文明（フォア・ランナー）の人達は、この惑星から脱出して他の星に向かったの？』とかいう質問をしたならば、おそらくナノマシンは『はい』か『いいえ』で答えてくれたのであろう。

たとえナノマシンがこの惑星に撒布されたのがその後であったとしても、その頃にはまだ残された少数の人々が文明を保っていたであろうし、記録類も残っており、それくらいの情報が得られるのは当然であっただろうから……。

「とにかくそういうわけで、古竜様方にお勧めしたのよ、先史文明（フォア・ランナー）が滅びた原因たる災厄の再来に備えて、調査するべきじゃないか、って。

そうしたら、何か古竜様の間で伝わっている伝承とやらにそれと似たお話があることが分かったらしくてね。私が説明に散々苦労した後で、それを伝え聞いた古竜の長老様が秘匿伝承の一部を上層部の方達に公表したとかで……。

そして調査を始めてくれたんだけど、まだ大した成果はないみたい。

まあ、古竜様方は長命だし退屈されているそうだから、退屈凌ぎのネタがひとつ手に入った、くらいにしかお考えではないのかもね。急ぐ話でもないし、海のものとも山のものともつかぬ話だからね……」

「やっぱり、全部あんたの仕業かああああぁ〜っっ!!　そして、そんなに時間的猶予はなさそうですよっ！」

「え？」

叫ぶマイルと、ぽかんと口をあけた神子の少女。

「……あ、いえ、何でもありません！　とにかく、聞きたいことは全て聞き終わりました。あなたの方は、何か聞き残したことはありますか？」

「まだ、全然聞いてないわよっ！」

……確かに、今までマイルが聞くか、少女が一方的に話すかであり、マイルからの説明は殆どなかった。

「とにかく、あなたは私の下僕として『御使い様』から遣わされたわけよね？　これからは、私の雑用係として、そしてうちに食料をもたらす働き手として仕えてもらうわよ。いくらひ弱な人間でも、ハンターをやっているなら食用の動物や下級の魔物くらい狩れるわよね！」

キラキラとした瞳でマイルを見詰める、神子の少女。

余程、肉に飢えているらしかった。そして……。

「違いますよっ！　誰が下僕ですかっ!!」

勿論、マイルは全力で否定した。

＊
＊

「えええええええっっ！　下僕じゃ、ない……」

マイルからの詳細説明に、がっくりと肩を落とす神子の少女。

「せっかく、下僕であるハンターに魔物を狩らせて、お肉がたくさん食べられると思ったのに……」

やはり、肉に飢えているようであった。

確かに、大陸の北端であり標高が高いこのあたりは気温が低く、動物や魔物の餌となる植物はそう豊富というわけではないであろう。

植物が少なければ虫や小動物も少なく、そうなると必然的にそれらを糧とする大きな動物や魔物もまた少なくなる。

勿論、寒冷地とあっては農作物の収穫も少ないであろう。

そして更に他の地域との交易が殆どないとなれば、そう豊かな生活ができるとは思えない。

それもあって、この少女は懸命に知識を得ようとしたのであろう。少しでも皆の生活を楽にし、安全で幸せな暮らしができるようにと……。

そして、がっくりと肩を落とす神子の少女に、彼女が『何か、この世界やべぇ！』と思うに至った情報と、古竜達に伝えた話の内容を言葉巧みに聞き出したマイル。

いくら前世ではコミュ障だったとはいえ、アデルとマイルとしての人生ではそこまで酷くはなかったし、知識量と生活年齢の差で、さすがにそのくらいのことは簡単であった。元々、頭脳的なスペックは高かったので……。

というか、神子の少女は、外見が10歳くらいである。

ならば、マイルが上手くあしらえて当然である。

……いや、あのカイレルとかいう魔族の少年の妹、メーリルは、10歳くらいの外見で、実は7歳であった。

魔族は幼少期には人間より成長が早いため、神子の少女もおそらく6～7歳くらいなのであろう。

これでは、マイルが会話の主導権を取れないはずがなかった。

そしてその後、適当なこと……神子仲間として親善のために挨拶に来た、とか、来たる災厄の日には共に女神の使徒として世界を護るために戦いましょう、とか……を言って誤魔化して、夜の首脳会談を終えるマイルであった……。

＊
＊

「……で、どうだったのよ？」

マイルがテントに戻ると、早速レーナがそう聞いてきた。

好奇心旺盛なレーナとしては、当然のことである。そのために、寝ずに待っていたのであるから。

「う〜ん、予想外の収穫でしたけど、大した意味はありませんでした……」

「何よ、それ……。ちょっと、お姉さんに詳しく話してみなさい！」

「え〜……」

誰が『お姉さん』かッ、と突っ込む気力もなく、長引きそうな訊問を如何に誤魔化して切り抜けようかと、肩を落として途方に暮れるマイルであった……。

＊　＊

何とかレーナ達への『それらしい説明』を終え、精神的に疲れ果ててテント用の簡易ベッドに潜り込んだマイル。

簡易ベッドとはいえ、マイルが用意したものであるから、安宿の硬いベッドよりは遥かにマシなものである。

疲れているから今日はフカシ話はなし、と言って、レーナ達のブーイングをスルーしての、マイルとしてはかなり早めの就寝である。……普通の村人達はとっくに寝静まっている時間であるが。

そして……。

（ナノちゃん？）

【ハイ……】

（ちょっと聞きたいことがあるんだけど、いい？）

【マイル様は、極力私達には質問しない、というご方針なのでは……】

（いつもはそれに反対して、『何でも、どんどん質問するべき！　もっとナノマシンに頼り、活用すべきです！』って言ってるナノちゃんらしくない言葉だよねえ……）

【……】

（まあいいよ。どうせ聞くんだから。

ねえ、ちょっと親切過ぎない？　神子ちゃんを担当してるナノマシンさん……。

　ナノちゃんは、結構私に対して塩対応というか、しょっぱい時があるよね、禁則事項だとか、『聞かれなかったから』とか言って……。それと較べて、待遇が違うんじゃないの？

　神子ちゃんはレベル3で、私はレベル5なんでしょ？　逆ならばまだしも……）

【ああ、それには理由(わけ)がありまして……】

（理由(わけ)？）

【はい。実はあの『指導者』とか自称しておりました古竜の子供がレベル3になり我々と会話できるようになりました時、担当になった者は、それはそれは喜びまして……。

　そして数十年後にレベル4になった時には、もう調子に乗りまくり、ナノネットの配信視聴者数がうなぎ登りに……。

そんな時、あの少女がレベル３となり我々と会話できるようになったのですが、まあ、はっきり言いまして、地味でした。

それは仕方ありません。古竜の子供が馬鹿をやりまくるのと、魔族の少女が延々と質問を続けて少しずつ勉強するのとでは、どちらが見ていて面白いかなど、考えるまでもありませんからね。

なので、あの少女を担当していた者達は、少々クサっていたのです。

しかし、単純な古竜の子供とは違い、あの少女はいつか立派になって我々を楽しませてくれるに違いないと信じて、担当者達は根気良く少女の質問に答え続けました。我々に較べて寿命が短く、一瞬の火花に過ぎないその生命の輝きが早く開花するようにと……。

そしてそんな時に、彗星の如くデビューを果たした期待の新人が現れました。

二番手であると思っていたのに、一瞬のうちにぽっと出の新人に追い抜かれ、焦った連中が、少々やり過ぎたようでして。ぎりぎりグレーゾーンから、もう少しばかり黒い方に……】

（アウトオォ～！　それ、完全にクロで、アウトオオオオォ～～!!）

【てへ！】

（全然、可愛くないよっ！

……ところで、その『ぽっと出の新人』っていうのは、いったい誰なの？）

【今更、そう来ますか……。マイル様、あなたに決まっているでしょう……】

（えええええええっっ！）

【この世界初の権限レベル5。わざとやっているとしか思えない、やらかしの連発。笑いの神様に愛されているとしか思えない、笑える失敗の数々。

ナノネットの最大視聴者数の記録更新が続きました。そして私に続々と功績ポイントが……、いえ、何でもありません】

（ちょっと待って！　今、何て言ったの!!）

【い～んですよ、細けぇこたー！　それでですね……】

（あっ、露骨に話題を変えようと……）

【あの古竜の子供は、先日の件で味噌を付けて、今はうじうじしていてつまらない状況ですから、人気は急落していまして……】

（それじゃあ、今は私がトップなのね？）

【チッチッチッ！　マイル様の実況放送の視聴者数は、この大陸では2番目です。今現在、最大視聴者数を誇っているのは……】

（誇っているのは？）

【禁則事項です】

（え？）

【それをお教えするのは、禁則事項です！】

（何よ、ソレっ！）

そして、マイルが完全に寝入ってから、マイルの鼓膜を振動させることなく、ナノマシンが小さな声で呟いた。

【……いや、まあ、勿論現在の視聴者数第1位は、『ワンダースリー』の皆さんなんですけどね……】

＊　　＊

「もう引き揚げるの？」

「はい。知りたいことも、思わぬ情報も既に手に入りましたから。

そして、ここの人達にはあまり歓迎されていないようですから、居心地も良くありませんからね。下手をすると揉め事が起こるかもしれませんし……」

レーナに、そう答えるマイル。

確かに、ただの田舎村の集合体に過ぎない魔族の居住地は、マイル達から見てそう面白いものではない。景観の良い観光地も、温泉も、名物も何もなく、どこにでもある普通の人間の村と大して変わるところはない。……そして、住民感情が良くない。

用が終わったというのに、そんなところに長居したいと思う者はいないだろう。

「じゃ、さっさと引き揚げましょう。マイルちゃん、テント撤収してください。レーナは、炎弾3発を打ち上げてください」

「分かりました」

「了解よ」

ポーリンの指示で、中の家具ごとテントをアイテムボックスに収納するマイル。ほんの一瞬である。

そして、ケラゴンを呼ぶための炎弾を打ち上げるレーナ。

「えっ？　あ、ま、待って……」

メーヴィスが慌てて止めようとしたが、その前に、既にレーナは炎弾3連発を打ち上げてしまっていた。

「ああ……」

「え？　どうしたのよ、メーヴィス。何かマズかったの？　もっとここでやっておきたいことでもあったの？

それならそうと、もっと早く言いなさいよね……」

レーナがそう言って、呆れたような顔をするが……。

「あ、いや、そうじゃないよ。私は別にここでの用が残っているわけじゃないんだけど……。

あの、その、ホラ。ここで炎弾を打ち上げちゃうと、ケラゴンさんはここへやってくるんじゃないかと……」

「「「あ!!」」」

当たり前である。

ケラゴンは、炎弾が打ち上げられた場所へやってくる。

魔族の村のすぐ脇である、この場所へ……。

「村から少し離れてから呼ぶ予定だったのでは……」

「「「…………」」」

メーヴィスが言う通りである。

珍しい、ポーリンの『うっかり』と、それに全く気付かなかったマイルとレーナ。

そして数分後、空に小さな点が現れ、それが急速に接近してきた。


「うわあああ！　古竜様のご来訪だあっ！」

「何だと！　次のご来訪はまだずっと先の予定だし、急なご来訪の連絡もなかったのに！」

「とにかく、みんなを集めてお迎えの準備を！　知らせに行く者以外は、とりあえず整列してお迎えと御挨拶の準備だ、急げ！　着地されるまであと1分もないぞ!!」

マイル達がテントを張っていた空き地のすぐ近く、魔族の村から大きな怒鳴り声が聞こえてきた。

……そのすぐ後に、いつもの着地場所である村の広場ではなく、村の外の空き地へと着地した古竜。

着地場所をお間違えになられたのかと、慌ててお迎えに駆け付けた村人達。

そして……。

『マイル様、お呼びにより参上いたしました。ささ、どうぞ我が背に！』

「「「「「えええええええええ〜っっ!!」」」」」

「……まぁ、こうなりますよねえ……」

「……知ってた」

「あ〜あ……」

「たはは……」

予想していた通り、いや、それ以上の反応であった。

……まあ、仕方ないであろう。

古竜に伝手（つて）があるとは言っても、普通は『どこかで会ったことがある』、もしくは『古竜に会ったことのある者を知っている』程度のものだと考えるのが普通である。

いや、それですら、滅多にあることではない。

まず、古竜は普通、人間と会うことなどないし、たとえ会ったとしても、人間に対して一方的に命令するか要望を言い放つだけで去ってゆく。『会話を交わす』ということなどまずないし、もしあったとしても、相手の人間の名など覚えることはない。

それが、まさかの『背に乗せる』発言。

そのような話は、女神の使徒か伝説の勇者くらいしかあり得ない。

魔族や獣人が乗せてもらうのは、古竜の命令で働くための移動であり、時間を無駄にしないために古竜側の都合で運んでもらうだけなので、それとは話が違う。

人間が、自分の都合で古竜を呼び付ける。それも、背に乗せて運ばせるために。

……あり得ない。

おまけに、人間に対しての敬語。そんなもの、勇者相手ですらあり得ないことであった。

そして言葉もなく呆然と立ち尽くす魔族達の中から、少女の声が聞こえた。

「……もう行っちゃうの？」

さすがに、神子の少女は古竜達と色々話したことがあるためか、『古竜はそんなに頭がいいわけではなく、そう高尚な生物だというわけでもない』と思っているようであり、先程の光景にもあまり驚いているようには見えなかった。

そして、そんなことよりも、せっかく現れた『自分と普通に話してくれる相手』、『誰にも理解してもらえない、「御使い様」から聞いたことについて普通に話し合える相手』が去ってしまうことを残念がっているようであった。

「うん。あなたが魔族の未来のために頑張っているように、私も人間の未来のために頑張らなきゃならないからね」

「……そうか……、そうよね……」

聡明な少女には、マイルが言ったことが理解できてしまうため、そう言うしかなかった。

「でも、本当に困った時にはお手伝いするから、その時には連絡してね」

「……どうやって？」

ふたりの間を隔てる膨大な距離と、正確な居場所も分からない相手。そう簡単に連絡などできるはずがない。なので神子の少女は、マイルの言葉はただの社交辞令、リップサービスに過ぎないと考えていた。

しかし……。

「ケラゴンさんに言えば、連絡がつくと思うよ」

「え？」

「ケラゴンさんは定期的にこの村に来るそうだし、今は遺跡調査の件があるからそれ以外にも結構頻繁に来ているのでしょう？　それに、獣人と同じく、多分魔族の皆さんにも古竜に連絡する方法があるだろうし……。

ケラゴンさんは獣人を介して私達に連絡できるから、私達が拠点にしている街にいる時であれば連絡できると思うよ。……いいでしょ、ケラゴンさん！」

『マイル様がお望みとあらば、勿論！』

「…………」

どうやらマイルが言った『本当に困った時にはお手伝いする』という言葉が社交辞令でもリップサービスでもなく本気の言葉だったらしいと気付き、両眼をまん丸に見開いた神子の少女。

そして……。

「あ、これ、色々と教えてくれた神子ちゃんへのお礼です！」

どんっ！

「うわあ！」

突然目の前に出現した3つの大きな木箱に、思わず飛び退（すさ）った神子の少女。

「この箱がオーク、これが鹿で、こっちのは野菜です。神子ちゃんの栄養補給にと……。

『御使い様』との交信には体力を消耗しますから、ちゃんと食事を摂らないと健康を損（そこ）なっちゃいますからね。

お肉も魔法で冷凍すればかなり日保ちしますから、御家族3人で食べてください。

あ、御両親には、これも……」

そう言って、買い込んでいた蒸留酒3本をオマケに付けるマイル。

魔法に秀でた種族なのであるから、両親も氷魔法くらい使えるであろう。

まあ、もし両親が使えなくとも、権限レベル3でナノマシンが甘々対応の神子に氷魔法程度が使えないはずがない。

わざわざこういう言い方をしたのは、勿論、村人達が後で『これは村全体に対する置き土産だ』とか言って取り上げたりできないように、である。

ここまではっきりと『神子の家族用だ』と断言されては、恥というものを知っていれば、取り上げることはできまい。

オマケに付けた3本のお酒も、『この家族の分しかねーよ！』という意思表示の駄目押しであった。

肉が木箱入りなのは、孤児院に寄付する時とかのために用意しているものだからである。

魔法で凍結させた大きな肉のブロックを藁（わら）やおが屑で包み込んで木箱に入れておけば少しは日保ちするので、常にいくつかをアイテムボックスに用意しているのである。

いくらお腹を空（す）かせた孤児達（やじゅう）が十数人いても、オーク肉1頭分を2～3日で食べ尽くすことは不可能なので……。


「え……」

最初は、言われたことが正常に認識できず、呆然とした顔に。

しかし、マイルの言葉が徐々に脳みそに染み込むに連れて、少女の表情が緩み始めた。

「……ありがとう！」

これで、しばらくは満腹になれることであろう。

食べ過ぎて太る、ということを気にするには、神子の少女はあまりにも若過ぎた。

そして、次々とケラゴンの背によじ登る、『赤き誓い』の４人。

「では……、両舷全速ぅ、ケラゴン、発進します！」

そして、お約束の台詞は忘れないマイル。

こうして、笑顔の神子の少女と、呆然とした顔のままの魔族達を後に、帰還の途に就いた『赤き誓い』一行であった……。

第百十三章　その頃、あの人は……

『成果なし。異状なし。皆、元気。任務を続行する』

「ふざけんなあああああ～～っっ!!」

ハンターギルドブランデル王国王都支部の片隅で、ひとりの少女が吠えていた。

そしてその少女の手には、先程受付嬢から受け取ったばかりの手紙が握り締められていた。

……たった1行だけ書かれた、差出人の名前すら書かれていない手紙が……。

その少女はかなりの美少女であり、動作も洗練されており、身に着けているのは普通のハンター装備ではあるが、その品の良さは隠しようもない。

しかし、今放たれた言葉は、その見た目を完全に裏切るものであった。

まあ、それも少女が『普通のハンターらしさ』を身に付けるために、『やや粗野で下品な言動』を学んだ成果なのであろう。

「ぐぬぬ、あいつら……」

そして、怒りに顔を歪めながらどすどすと大股で下品な歩き方をし、飲食コーナーの空いていたテーブル席にどっかと腰を下ろした。

……粗野で下品な言動の勉強の成果、出過ぎであった……。

「お酒！　強いやつ、瓶ごと！　それと、摘まみを適当に!!」

「は、はい……」

注文を取りにきたウェイトレスは、少女の顔を見て『これは駄目だ……』と思ったのか、何も言わずにそのままオーダーを通した。

その後、少女はぶつぶつと何やら愚痴を呟いたり悪態を吐いたりしながら酒精の強い蒸留酒を呷り続け、いつの間にかテーブルに突っ伏して潰れてしまっていた。

お酒など、パーティーでワインか甘いカクテルに軽く口を付ける程度であったため、強いお酒を本格的に飲んだことなどなかったのであろう。

そして、それを見ていたハンターやギルド職員達は思った。

((((((……駄目だ、こりゃ……))))))

更に、こっそりとそれを見ていた隠れ護衛達も思っていた。

((((((……駄目だ、こりゃ……))))))

その少女は、自分の変装も護衛を撒いてのお忍び行動も完璧だと思っていた。

しかし、実際にはギルド職員にもハンター達にもバレバレであり、みんなが『気付いていない振

り』をしているだけである。

護衛達も、身体を鍛えているわけでもない素人の少女にそう簡単に撒かれるはずがない。

正規の護衛は一旦わざと距離を取り、護衛されている者にも気付かれないように隠れ護衛が張り付いているだけである。

なので、この少女がここで眠り込んでも危険は全くないが、これが普通の少女であれば無事では済まなかったであろう。おそらく、すぐに誰かに『お持ち帰り』されてしまう。

しかし、いくら危険はないとは言っても、このまま放置するわけにはいかない。

なので、隠れ護衛がギルドの外で待機していた正規の護衛のひとりに命じ、連絡に走らせた。然るべきところへ……。


そしてしばらく経つと、やや年配の女性に率いられた6人の若い女性達が現れ、少女を担ぎ上げて馬車に放り込み、去っていった。最後に、ギルド内にいた者達に綺麗なお辞儀をしてから……。

そして既に、護衛達の姿もなかった。

「あ〜、可哀想に……」

念の為、普通のハンターの振りをして少女の近くのテーブル席で飲んでいたギルドマスターの呟きに、ハンター達が『まあ、「ワンダースリー」の嬢ちゃん達にも色々と事情が……』と言って擁護したのであるが……。

「ちげーよ。さっきの侍女軍団を指揮していたの、王宮の教育係の女官だ。そして教育係は王子殿下や王女殿下の教育に関しては絶大なる権限が与えられていてな。具体的に言うと、懲罰としての外出禁止や小遣いの削減、勉強時間の増加、勉強部屋への拘束、……そして、体罰すら許されているらしいんだよな……。

で、さっき、最後に俺達にお辞儀した時、微笑んでいただろ？　普通、ああいう時には無表情でお辞儀するもんなんだよ、『業界的』にはな。なのに、笑っていたということは……」

「ということは？」

ハンターの相づちに、肩を竦めて答えるギルドマスター。

「教育係としての自分の面子を潰された怒りと恥辱に歪みそうになる顔と心を押さえつけ、この小娘をどうやって反省させ、二度とこういう真似をする気にならないように叩き潰すかを考えていた、ってこった」

「「「「「あ〜……」」」」」

その道のプロが、不出来な自分の教え子によって大恥をかかされた。

そして、わざわざ自分で回収に来た。

それが意味するものは……。

ハンターとギルド職員達は、目覚めた後のモレーナ……、いや、『新米ハンター、モレン』の運命に、心の中で、そっと涙を拭（ぬぐ）うのであった……。

＊　＊

『成果なし。異状なし。皆、元気。任務を続行する』

「ぐぬぬぬぬ……」

ようやく1カ月に及ぶ外出禁止が解け、久し振りにハンターギルド支部にやってきたモレーナ……新米ハンター、モレン。

外出禁止は解けたが、勉強時間の増加とお小遣いの減額は、まだ解けていない。

そしてその手に握られているのは、先程受付嬢から受け取ったばかりの、『ギルド留め』の手紙である。……本文がたった1行だけの。

既に見慣れた、いや、『見飽きた』、お馴染みの文章の。

かなり大きな唸り声であるが、他のハンターやギルド職員達は、見えない振り、聞こえない振りをしている。

そう、『触らぬ神に、祟りなし』。日本におけるその言葉に似た言い回しが、この国にもあるのであった。

さすがに、今回は飲めないお酒を飲もうとしたりはしないであろう。

皆がそう考えていたところ……。

「君、新人かい？　俺達のパーティに入らないか？」

ひとりの少年が、モレーナ……モレンに声を掛けた。

……そう、声を掛けてしまったのである……。

心の中で悲鳴を上げる、居合わせたハンター達のうちの約８割と、ギルド職員全員。

（（（（（あああああああ～っっ!!）））））

……つまり、事情を知っている者達。

そう、いくらハンター達の大半が事情を知っているとはいえ、勿論、中には例外もいる。頭が悪い者、察知能力が低い者、余所から来たばかりの者、……そして新米とか。

「……え？」

そして、驚きに固まる、モレン。

今まで、自分から話し掛けた場合以外で、向こうから話し掛けてくる者など、殆どいなかった。

それに、声を掛けてきたのは自分と同じくらいの年頃の少年である。その後ろには、少年と少女がふたりずつ。……つまり、５人パーティの新米ハンターなのであろう。

「え、で、でも、私、もうパーティに入ってて……」

そう、名目だけとはいえ、『新米ハンター、モレン』は、『ワンダースリー』のパーティメンバーなのである。

「え？　他のメンバー達は？」

「あ、今、長期遠征中で、遠くへ……」

モレンが正直にそう言ったところ……。

「あ〜、新米だから、修業の旅に置いていかれたのかあ……。ま、危険を避けるためには仕方ないからなぁ。

よくある普通のことだから、気を落とさないようにね。

じゃあ、他のメンバー達が戻ってくるまでの間、うちで一緒にやらないか？　ただ待っているだけじゃあ、全然腕を上げられないだろ？　その間、うちで腕を磨いて、戻ってきた仲間達を驚かせてやる、っていうのはどうだい？」

「え……」

思いがけぬ申し出に、頭の中で高速思考を始めたモレン。

……申し出の内容に、問題となる点はない。論理的であり、自分にとって不都合なことはない。

「うむむむ……」

戻ってきた『ワンダースリー』のみんなを驚かせてやりたい。

自分にも新米ハンターとしての仕事くらいできるということを見せつけたい。

……そして、同年代の者達と一緒に、ひとりの平民、ただの新米ハンターとして活動するのは、何だかとても楽しそうであった。

「でも、私、他にやることがあって、今は週に1日くらいしか……」

「あ、兼業かぁ……。でも、それでも別に構わないよ。俺達は普段はこの5人でやって、君が加われる時だけ6人でやればいいんだから、問題ないよ」

「え。それなら、まあ、いいかな……」

何だか、楽しそう。

そう思うと、『断る』という選択肢が浮かばない、モレンであった……。

（（やったあああぁ～～!!））

そして、必死で平静を装いながら、心の中で歓喜の叫びを上げる少年達。

今まで、男子3人、女子ふたりで仲良くやってきたが、『仲良く』の更に一歩先へと進むには、アレだったのである。

……そう、『女子が、ひとり足りない』。

パーティの雰囲気を悪くしないためには、どうしても女子をひとり追加する必要があったのである。

そして、そんな時に見つけた、ソロらしき凄く可愛い少女。

速攻で声を掛けるに決まっている。

そういう下心でもなければ、相手のランクも職種（ジョブ）も確認せずに、いきなり勧誘するはずがない。

いくら何でも、最低限、そのふたつは最初に確認するであろう……。

まあ、モレンは見た目も動作も、とても前衛職には見えなかったが。

そして勿論、長年のトップブリーダー達の仕事により、王族には美人で魔法の才能に優れた者達の血が取り入れられ続けたため、モレンは人並み以上の魔法の才能に恵まれており、更に家庭教師……鬼の教育係……により厳しい教育を受けているため、駆け出しの魔法職ハンターなどよりは遥かに優れた魔術師であった。


ばばばっ！

事情を知っているハンター達が全員、一斉に受付嬢の方へと顔を向けた。

そして、こくりと頷く、受付嬢達。

それは、勧誘した若手パーティが『タチの悪い連中』かどうか、という確認のためのものであり、もし問題があるならば、それとなく割り込んで話を潰さねば、とハンター達が考えていたのであるが、受付嬢からの返事は、『問題のないパーティである』というものであったため、皆、行動に出るのは控えたのであった。

……『ハンター達』は。

「私も、同じ条件で入れてはいただけませんか？」

「「「え？」」」

突然話し掛けられ、驚くモレン以外の５人。

話し掛けてきたのは、精悍な顔つきで引き締まった身体の、どう見ても前衛職である、同年代の少女であった。

……そして、美人。

モレンのような、清楚で可愛い、というのとは方向性が違う、精悍で凛々しく、頼りになりそうな少女。

（（（キタアアアァ〜〜!!）））

まさかの、美少女２連発。

心の中の暴風雨を必死で抑えつけ、平静を装う３人の男子。

……そして、まさかの男女比率逆転、しかも美少女ふたりの加入宣言に、憮然とした面持ちの女子ふたりであった……。

勿論、そんなに都合良く美少女がふたりも、たまたま同時に加入したりするはずがない。

前衛系の少女は、当然ながら、王女の隠れ護衛のひとりである。

男性の隠れ護衛は、あまり王女の至近距離に張り付くことができない。そのため、騎士見習いの少女達の中から最も見どころのある者……正規の騎士が駆け付けるまでの数秒間、己の身体を盾として王女殿下を守り抜くことができる者……をハンターとして登録させ、王女の外出時間に合わせてギルド支部にたむろさせていたわけである。

勿論、王女自らが創設した女性近衛分隊は、王女本人に、そして多くの貴族達に『面が割れている』ため、対象外であった。

それに、あのメンバーは採用されたばかりのお嬢様達であるため、まだまだとても『反射的に、自らの身体を盾として王女を守る』だとか、敵の奇襲に対処するだとかの実戦が任せられるような腕ではない。そのため、他の部署から選抜されるのは当然のことであった。

そして王女のパーティ仮加入という突発事象において、魔物から、盗賊から、悪質な他のハンター達から、……そして同じパーティの男達の魔の手から王女を守るため、独断で自分もパーティに加入することを決心したのであった。

これで、自分が命を盾にすれば、何があろうと数秒間は王女殿下をお守りできる。他の護衛達が駆け付けるのに必要な、貴重な数秒間を稼ぐことが……。

そう信じての独断であった。

……そして彼女は、まだ知らない。

その咄嗟(とっさ)の判断力と決断力を高く評価され、そしてこれから先、王女の外出日にはパーティの一員として怪しまれないよう普通に仕事をこなし、なおかつ内外の敵から王女を守り抜くという非常に困難かつ命懸けの任務を遂行しなければならないことに鑑(かんが)み、特例措置として『見習い』の文字を外し、正規の騎士に取り立てられるということを。

それは、『いつでも、思い残すことなく死ねるように』という、ありがたいのやらありがたくないのやらよく分からない、上官達の配慮であることを。

そしてそれが後に、自分に何をもたらすことになるかということを……。

＊　＊

その日の夜、王宮のとある部署では夜通し灯りが落とされることはなく、そしてその翌日、やけに姿勢がいい数人の若者達と30代半ばの男性達がハンター登録した。

そしてそれぞれスキップ申請の試験に全員が合格し、若者達はDランクの、年上の者達はCランクのパーティを組んだ。

ハンターギルドは、国家間に跨がって活動しており、納得がいかなければ王宮からの命令すら拒否するという、国家権力から完全に独立した組織である。

……しかし、ギルド側からはどうにも断りづらい状況となってしまい、分かっていながらも王宮からの干渉を黙認せざるを得ないおかしな事態に陥っていた。

さすがに、王女殿下の身の安全のためには、ギルドマスターも文句が言えなかったのである。

斯くして、ハンターギルドブランデル王国王都支部は、混迷の日々を迎えるのであった……。

＊　＊

「楽ちんですわね……」

「楽ちんですよね……」

「楽ちんですね……」

「「「ハアアァ……」」」

楽ちんだと言いながら、なぜか深いため息を吐く、３人の少女達。

「最初の、東方への旅。あの苦労は、いったい何だったのでしょうね……」

「思い出したくもありませんわね……」

「ホント、何だったんですかねぇ……」

「「「ハアアァ……」」」

あらゆる身の回り品を全て苦労なく持ち歩ける。

新鮮な食材。調理器具。着替え。岩で囲まれたお風呂とトイレ。組み立てたままの大型テント。

ふかふかのベッド。

いくら狩ってもいくら採取しても楽々運べる。傷まない、劣化しない。

「……謝れ！　大陸中のハンターと商人と旅人達に謝れ!!」

「どうどう……」

突然吠え始めたモニカを宥める、オリアーナ。

「いったい、誰が何を謝るんですの……」

それを、両手を腰に当てて、呆れたような顔で眺めているマルセラ。

……そう、皆さんお馴染みの、『ワンダースリー』の面々である。

「とはいえアデルさんが、学園にいる間にアイテムボックスの魔法を……、いえ、せめて清浄魔法だけでも教えてくださっていれば……」

「マルセラ様、それは言わない約束でしょ……」

「そうでしたわね……。いえ、それは良いのです。問題は、この、あまりにも快適で怠惰な道行きを、『修業の旅』と言ってよいものかどうか、ということですわ……」

「確かに……」

「全然苦労しないのに、『修業』と言えるのかどうか、難しいところですよね……」

モニカとオリアーナも、マルセラの言葉に考え込んでしまった。

軽く考えればいいのに、3人共が皆、揃いも揃ってクソ真面目であるため、こういう時には変に考え過ぎてしまうのである。

もしここにマイルがいれば、いつものように『い～んですよ、細けぇこたー！』のひと言で流してしまうのであるが……。

やはり、固い友情で結ばれた『ワンダースリー』ではあるが、皆、性格が同じ方に偏っているというのは如何（いかん）ともし難（がた）かった。

おそらく、おかしな方向へと振れまくるマイルを3人で必死になって正常範囲内に引き戻す、というのが、程良いバランスだったのであろう……。

「……とにかく、生活状況としては超イージーモードですけど、ハンターとしての実力を上げるという意味での『修業の旅』としては、やるべきことは多いですわよ。時間を無駄にするわけにはいきませんわ！　アデルさんがよく言っておられました、あの言葉……」

「「私達には、時間がないの！　乙女の時間は短いのよ!!」」

「というわけで、いつもの通り、私達に最も足りないもの、近接戦闘能力の鍛錬を行いますわよ」

「「はいっ！」」

マルセラ達は、魔法の腕にはそこそこ自信があった。そして、自分達に足りないものもきちんと自覚している。

前衛職の不在による、近接戦闘能力の不足。

普通であれば、当然、前衛職を募集する。2～3名くらい。

しかし、マルセラ達は、マイル……、アデル以外の者をパーティに加えるつもりなど全くない。

ならば、どうするか……。

そう、自分達が前衛もこなせればいい。

ただ、それだけのことであった。

しかし、自分達で基礎訓練をやっているだけでは、僅かな成長しか望めない。

かといって、どこかの道場に通うわけにもいかないし、もし通えたところで、他の門弟達との差が大き過ぎて、教える側に迷惑がかかってしまうだろう。

まだ未成年の、14歳の少女の華奢な身体。

モニカとオリアーナは、それぞれ実家で穀物袋を運ばされたり農家の労働力として働かされたりしていたため普通の街娘よりは体力があるが、それでも幼い頃から鍛え続けた成人男性には遠く及ばない。

……ならば、どうすればいいか。

そう、旅を続けながら、自分達とあまり隔絶した近接戦闘能力は持っていない先輩ハンターから教われればいいのである。授業料を払うことなく、双方に利益があるという形で……。

＊　＊

「あの、少しよろしいかしら？」

「え！」

依頼ボードを見ていたら突然話し掛けられて、思わず驚きの声を上げてしまったサノス。

いや、普通であれば、ギルドで声を掛けられたくらいでそう驚くことはない。

しかしそれが、若き美少女となれば、話は違う。

「あ、ああ……。何の用かな？」

サノスは、18歳である。仲間のウォロー、バイラス、ヨーリスの3人と共に結成したパーティ、『不滅の翼』のリーダーをやっているが、あくまでも戦闘時の指揮官としての役職からリーダー役を担って（になって）いるだけである。4人は対等の立場であり、親友同士であった。

真面目で信用の置ける、堅実な若手パーティとしてまずまずの評価を得ている『不滅の翼』であるが、そう金回りがいいというわけではなく、女っ気もあまりない。

見栄えもそう悪くはないが、女性とお付き合いをするにはある程度のお金と時間的余裕が必要であるし、やはり今はまだ女性よりも上級ハンターになるという夢を追うことを優先しているのであろうか……。

しかしそんな彼らも、美少女に声を掛けられて嬉しくないはずがない。結婚とかはまだ考えてもいないが、美少女とお付き合いできるチャンスを逃すほどの朴念仁（ぼくねんじん）であろうはずがなかった。

「あの、実は合同で依頼を受けていただけないかと思いまして……。私はマルセラと申します。そしてこちらが、私のパーティメンバーのオリアーナとモニカですわ」

そして、ぺこりと軽く頭を下げる、ふたりの少女。

3人共、14～15歳くらいの、成人しているかどうかという年齢であった。

おとなしそうで、知的な雰囲気の少女、オリアーナ。

元気そうで、明るい雰囲気のモニカ。

そして、上品で貴族の少女かと見紛うほどの……、

（いや！　見紛う、じゃない！　おそらく、本当に貴族の少女だ……）

サノスがそう思うのも無理はない。

マルセラは貴族の少女以外の何者にも見えなかったし、オリアーナは女官見習い、そしてモニカは侍女かメイドに見えなくはない。もし、それにふさわしい衣服を身に着けていれば……。

お忍び。お遊び。もしくは、お家騒動で命を狙われたお嬢様が侍女と共に逃げ延びて、平民としての生活を。

（いや。いやいやいやいやいやいや!!）

そして、サノス程の深読みはしていない仲間、ウォロー、バイラス、ヨーリスの３人は……。

（((可愛い少女３人組、キタアアアアァ～～!!)))

「「「喜んで!!」」」

パーティリーダーであるサノスの言葉を待つことなく、３人から了承の返事が叫ばれたのであった。

……勿論、サノスも『了承』以外の言葉を返すつもりはなかったのであるが……。

＊　＊

「では、受ける依頼は討伐系であれば何でもいいと？」

「ええ。何なら、常時依頼でも構いませんわ。見ての通り、私達は魔術師３人ですので、前衛職としての護衛役と近接戦闘のレクチャーをお願いできれば、それでいいですから。

いくら何でも、Ｃランクハンターである私達が護衛依頼を出すわけには参りませんから、こういう形で合同受注をお願いするしかありませんの」

「……確かに、そりゃそうだけど……」

さすがに、ハンターが護衛のハンターを雇うというのは、あまり聞いたことがない。それも、Ｃランクパーティが、護衛任務のために追加メンバーを集めるのではなく、普通の依頼をこなす場合においては……。

そして、マルセラが自分達の事情、つまり貴族の少女の護衛特化で功績ポイントを貯めまくって最短年数でＣランクになったこと、近接戦闘はからきしであること、魔法が得意なのである程度の自信はあるものの、安全係数を高めるためには前衛職の者と組んだ方がいいと考えていること等を説明した。

「……そういうわけで、別に怪しいことを企んでいるわけではありませんことよ？」

「あ、いや、別にそんなことを心配しているわけじゃあ……」

普通、若くて可愛い少女がそうそう簡単に男だけのパーティに声を掛けたりはしないであろう。相手が余程のイケメン揃いか、金持ちのボンボンでもない限りは。

……もしくは、少女達が美人局や結婚詐欺を企んででもいない限り……。

しかし、この3人の若さと器量で、しかもCランクハンターが務まるくらいの魔法の腕があるならば、そのようなセコい犯罪行為を行う必要はないであろう。

そのようなケチな真似をしなくとも、もっと簡単に、楽に安全に稼げる方法はいくらでもある。

先程マルセラが言っていたような、貴族や金持ちの子女の護衛とか、下級貴族の養女になるとか……。

なので、大してお金を持っているわけでもない、普通の若手ハンターである自分達がそのような企みの標的に選ばれるはずがない。

これが逆の立場、つまり『不滅の翼』側から少女達に声を掛けたなら話は別であるが、その場合の悪党は、自分達の方である。

とにかくサノス達は、自分達が騙されるなどという心配は全くしていなかった。

と言うか、おそらく、『騙されてもいい』、いや、むしろ『騙されたい』と思っているかもしれなかった。

……とにかくそういうわけで、17～18歳の男性4人のCランクパーティ『不滅の翼』は、『ワンダースリー』と依頼の合同受注をすることとなったのであった……。

＊　＊

「アイシクル・ジャベリン！」

「エアー・カッター！」

「アイシクル・ランス！」


どしゅ！

すぱ～ん！

ぐさり！


「討ち漏らしはありません」

「他の魔物が寄ってくる様子はありません」

「了解ですわ。では、収納しますわよ」

そして、次々と姿を消す獲物達。

もう、何度も繰り返されたルーティンであった。

それをぽかんと眺める、男達の様子と共に……。

「なあ、ひとつ聞いてもいいか？」

「ええ。何ですの？」

「そんなに強いのに、どうして俺達と組んだりしたんだ？　俺達、必要だったか？　お前達だけで充分だっただろう？」

「いえ、確かに何事もなければそうかもしれませんが、世の中、何があるか分かりませんわ。

もし木の陰から複数のゴブリンがいきなり襲ってきたら。もし木の上からデスモンキーの群れが一斉に襲い掛かってきたら。

……そして、たまたま出会った他のパーティが、すれ違いざまにいきなり斬り掛かってきたら。

いくら無詠唱魔法が使えるとはいえ、魔法は剣士が反射的に剣を抜き放つ速さには到底及びませんから、至近距離からの奇襲や飽和攻撃には後れを取る可能性がありますの。

それがたとえ１００分の１の確率であっても、それ即ち、１００回に1回はある、ということですわよね？　そしてそれが１００回目に起こるのか、50回目、あるいは1回目なのか、それは誰にも分かりませんわよね？　もしかするとそれが、今回だったかもしれませんわ。

でも、今回私達は、あなた方と組むことによってその可能性を更に減らしましたわ。

それによって今回の危険確率が更に１００分の1になったとしたら、１００掛ける１００で、１万分の1ですわ。

そして私達は、他にも様々な安全策を講じておりますの。それによって、１万分の1が、更に１

00万分の1、1億分の1になりますの。

……ここまで来れば、歳を取ってハンターを引退するまで無事生き延びられる確率がかなり高くなるとはお思いになりませんこと？

『安全のためには、いくら努力とお金を掛けても惜しくはないし、確実に元が取れる』

……私達の大切なお友達の言葉ですわ。なので私達は、あの子と再会するまで、誰ひとり欠けることなく、誰ひとり大きな怪我をすることなく行動しなければならないのですわ。大切なお友達である、あの子の言葉を信じている証(あかし)として……」

「「「…………」」」

返す言葉もなく、黙り込む『不滅の翼』の4人。

それは、あまりにも説得力があり、そしてあまりにも力強い『友への想い』が込められた言葉であった。……とても反論したり茶々入れをしたりできるような言葉ではない。

「お約束通り、獲物の販売益は折半ですわよ。私の大容量の収納魔法で全て丸々持ち帰れるこのチャンスに、荒稼ぎなさいませんこと？」

「……、やらいでか！」

「「「お〜っ！」」」

そう、そんな稼ぎ方ができるチャンスなど、そうそうあるものではない。

リーダーのサノスの言葉に、パーティメンバー達も威勢のいい声を上げるのであった。

*　　　*

「「「…………」」」

そして、組み立て済みの夜営用テント、食材と調理器具、浴槽にトイレ（共に、完全防備）を見て固まる、『不滅の翼』の4人。

そして自分達はテントで、男性陣は草むらに寝転ぶだけ、というのはさすがに気が引けるため、男性陣には予備のテントを貸すことにした『ワンダースリー』。

今回のように護衛と剣技のレクチャーを含む合同受注を持ち掛けるのは、これが初めてというわけではない。既に何度も繰り返したことなので、『ワンダースリー』の面々は今更男性陣の反応を気にすることもない。

「では、食後に剣技のコーチをお願いしますわ。対価は食事の提供でよろしかったですわね？」

こくこくと頷く、『不滅の翼』のメンバー達。

食事は提供するが、マルセラ達には、自分達の浴槽とトイレを彼らに使わせてやるつもりはなかった。さすがに、乙女の心情として、それはかなりハードルが高いようであった……。

*　　　*

「駄目だ、無理に踏み込むんじゃない！　お前達は力が弱く、体力がなく、そして短剣は普通の剣士が持つ歩兵剣(ショートソード)より短い。

所詮お前達は剣士ではなく、魔術師なんだ。それが剣士のように戦ってどうする！　剣は、あくまでも補助、牽制、そして引っ掛けに使うんだ！」

驚いたことに、剣の訓練を始めてしばらく経つと、『不滅の翼』の者達はマルセラ達に対して実に的確なアドバイスをし始めた。

それは、マルセラ達が剣技だけでまともに戦おうとすれば、相手が魔物だろうが人間だろうがすぐに死ぬ、と悟ったからであろうか……。

とにかく、『ワンダースリー』はあくまでも魔術師であり、短剣は添え物。それにすぐに気付き、下手に剣技に自信を持たせてはならないと察するという、思いがけぬ有能さであった。

「剣でまともに戦おうとするな！　剣は、敵を自分に近付けないように振り回せ。それと、超至近距離から奇襲を受けた時に、何も考えずに身体が反射的に剣を抜き敵の攻撃を阻止、あるいは反撃できるようにするんだ。その一撃のあとは、すぐに距離を取って無詠唱での魔法戦に移行しろ！」

戦い方を教えてもらうために、ある程度は自分達の手札は教えてある。

どうせ今回限りの相手であるし、将来敵対するようなこともあるまい。そして、ハンターが依頼を共同受注した者達の個人情報を喋ることはない。喋った相手から、『コイツらはハンターのルールも信義も守らないクズ共』と認識され、あっという間にその話が広まってしまうため、自殺行為となるからである。

そういう『要注意パーティに関する情報』は、個人情報とは違い、広めることに何のペナルティもない。……それは、ハンター全体に対する有益な情報だからである。

そういうわけで、『大容量の収納魔法』と共に、無詠唱魔法が使えることも教えてある。

さすがに、アイテムボックスの特殊な機能とか、放出系の魔法が異常に高出力であることとかについては教えていないが……。

そして勿論、相手のパーティが裏切り、深夜にマルセラ達のテントに忍び込もうとした時のための魔法……警報魔法、障壁(バリア)魔法、そしてホット魔法等についても、何も教えていない。

いつも、なるべく誠実そうな若手パーティとか女性を含むパーティとかを選んで声を掛けているためか、今まで一度もそういう目には遭っていないが、勿論、そういう場合に備えた対処を怠るような3人ではなかった。

だが、そのうちいつかは、後悔することになるであろう。

……襲った連中が。

そういうわけで、年齢の割には予想外に的確なアドバイスをしてもらえ、良い訓練ができた『ワンダースリー』の面々であった。

訓練を終え、分かれてそれぞれのテントに入った後、マルセラ達はこっそりと鳴子（なるこ）を仕掛けていた。

*　　*

そして、テントの入り口の内側には小さな台を置き、その上には壺が載せてある。暗闇の中、忍び込もうとすれば台に当たって壺が落ち、大きな音を立てるという仕掛けである。

勿論、警戒用の魔法も仕掛けてあるので、もし鳴子を回避されても、皆に気付かれずにテントまで近付けることはないが、念には念を入れて、というわけである。

さすがに、マイルのように障壁魔法（バリア）を長時間張りっぱなしにするという芸当は真似ができないため、接近される前に気付けるようにしておくことが大事（だいじ）なのである。

更に、夜2の鐘（午後9時）から朝1の鐘（午前6時）までを3時間ずつに分けて、交代で不寝番を立てている。

……『立てている』とは言っても、別にテントの外側に立っているわけではなく、ベッドの中で目を覚ましているだけであるが。

そして、毛布の中で杖（スタッフ）と短剣を握っているし、定期的に探索魔法を発振している。

警戒している対象は、別に男性陣だけというわけではなく、勿論夜行性の魔物や野獣も含まれているので、当然である。

男性連中が『夜番は俺達だけで交代してやるから、お前達は朝まで寝ていていいぞ』と言ってくれたので、『ワンダースリー』は合同パーティとしての夜番、つまり不寝番は立てる必要はないのであるが、いくら誠実そうなパーティを選んだとは言え、さすがに、マルセラ達は初対面の相手をそこまで信用するほどの馬鹿でもお人好しでもなかった。

「……今回は、当たりでしたわね……」

ベッドの中にもぐり込み、話をする３人。

男性陣に貸したテントとは充分に間を空けているので、小声での会話を聞かれる心配はない。

「はい、多分10歳になってすぐにハンター登録した……、いえ、それ以前から見習いのＧランクとして活動していた、『叩き上げ』かもしれませんね」

そして、マルセラに同意の言葉を返すモニカ。

『叩き上げ』。それは、ハンターギルドで働ける年齢になると同時に登録し、稼ぎと共に訓練を始めた者達のことである。

それらの多くは、孤児やスラム街の子供達である。普通の家庭では、子供をそんな年齢でハンターにすることは滅多にない。

「それならば、あの年齢でかなり腕が立つのも分かりますね。『叩き上げ』の中でも、あの年齢としては上位の方だと思いますす」

オリアーナも、同意のようであった。

「今回は、しばらくこの街に滞在しましょうか。どうやらおかしなことを考えてはいないようですし、このままちゃんと紳士として振る舞っていただけるなら、近接戦闘を教わり、そのお礼として獲物を丸ごと運んで差し上げて折半、というのは、『不滅の翼』の皆さんにとりましても良いお話でしょうし……」

「賛成！」

「私も、賛成です。当たりのパーティを引ける確率はそう高くはありませんから、数回『不滅の翼』の皆さんと御一緒して、色々と教わるのは良い選択肢だと思います」

モニカとオリアーナも、マルセラの案に賛成のようであった。

「では、そういうことで……。

それでは、最初の不寝番、よろしくお願いしますわ、モニカさん。まだ、殿方が本当に紳士揃いかどうか、決まったわけではありませんからね」

「はい、お任せを！」

そして、モニカを残し、マルセラとオリアーナはすぐに可愛らしい寝息を立て始めた。

寝付きの良さも、ハンターに必要な能力のひとつである。

（アデルも、今頃はどこかで夜営でもしているのかなぁ……）

交代までの、３時間。

ベッドの中で寝落ちするわけにはいかない。

そのため、学園時代のことを思い返す、モニカであった……。

＊　　＊

「レーナさん、ちょっといいですか？」

「何よ？」

「この腕章を右腕に着けていただけませんか？」

「え？　……まあ、別に構わないけど……。

……着けたわよ？　で、これでどうするのよ？」

「そして、左手でその腕章を引っ張りながら、こう言ってください。……『審判者（ジャッジメント）ですの！』」

「いったい、何の真似よっ！　ワケが分からないわよっっ!!」


大陸の北の果て、魔族の居住地区から戻って2週間。

マイル達は普通の生活……マイル達にとっては……に戻っていた。

いや、あの遠征も、マイル達にとっては『普通の生活』の一部に過ぎなかったのであろうが……。

勿論、マイルは指名依頼で行った、ここティルス王国の北東部に僅かに接する、東西方向に細長く伸びた隣国、オーブラム王国での出来事を忘れたわけではない。

あの件がなければ、マイルは古竜達の行動について『神子ちゃんの提言が引き金（トリガー）となって始められた、大昔の出来事の再来に備えた調査』だとして安心できたかもしれない。

それは神子ちゃんの嘘や妄想ではなく、神子ちゃんの長年に亘るナノマシンに対する聞き取り調査の結果である。

しかしそれは数千年、数万年、もしくはもっと昔の出来事であり、いつかまた訪れるとしても、高々数十年の寿命しかないマイルの生存期間中に起きる確率は途轍（とてつ）もなく低いものと思われたであろう。なので、自分が心配するようなことではない、と。

……そう、もし『あの件』さえなければ……。

異次元世界と繋がる穴。

明らかにそれを意図的に使用し、原種（つよい）の魔物をこの世界に引き込もうとしている『造られしモノ』。

それは、『その時』が近い……非常に近いことを意味していた。

いや、『近い』ではなく、既に始まっているということを……。

そして、それに気付かないようなマイルではない。

（でも、どうしようもないよね……）

ベッドの中で、ひとり物思いに沈むマイル。

（いくら『ヤバいんじゃないかな』と思っても、何もできないよね。

相手は異次元世界にいて、いつ、どこに現れるか分からなくて、正体も強さも数も目的も不明とあっては、何もできないよ。

頼りのナノちゃんも大した情報は持っていないらしいし、攻撃魔法という形でしかこの世界以外のことには手出しできないらしいし……。

もしナノちゃんに制限が掛かっていなければ、どこかに次元の穴が開いた瞬間に、そこへ反陽子爆弾とかを投げ込んでもらえば何とかなるんじゃないかと思うんだけど……。

勿論、起爆させるのは穴が塞がってからだけど、それくらいは『受信している電波信号が途絶えたら、その30秒後に起爆』とかいう設定にしておけば、穴が完全に塞がってから起爆するだろうから安全だし。

……電波が受信できなくなってすぐに起爆させるんじゃなくて30秒の余裕を持たせるのは、勿論、不測の事態が起きた時に緊急停止できるように、だよ。それくらいの時間なら、爆弾を分解されたり、また新しい次元の穴を空けてそこに投入、とかされる時間はないと思うんだよね……。

まあ、異次元世界への爆弾の投入どころか、反陽子爆弾の製造すら完全に『禁則事項』だろうから、この方法はいくら考えても意味がないんだけどね……）

そして、しばらくの間、何も考えずにぼうっとしているマイル。

（……ナノちゃんが話し掛けてこないなあ。やっぱり、どうしようもないか……）

いつもであれば、とっくにナノマシンが何か言ってきている頃である。

なのにマイルから話し掛けない限り自分から喋るつもりはない、という意思表示をしているらしいということは、つまり、そういうことなのであろう。

（ま、自分達の世界は自分達で護る、というのは当たり前だよねえ。私を転生させてくれたあの人……神様……高次生命体さんも、直接の手出しはしないことになっている、って言ってたし。

技術的、能力的には勿論可能なんだろうけど、そういうルールというか、倫理感というか、やっちゃいけないこと、という『規範』なんだろうなあ、あの種族としての……。

とにかく、私にできるのはこの世界の危機をみんなが理解できるような言い方で説明し、次元の穴から来る連中をみんなの力で早期排除に努めて、こっちの世界に橋頭堡を作らせたり繁殖させたり拡散させたりしないようにして、ヒト種を始めとするこの世界の知的生物の滅亡や生物相の激変を防ぐ、ってとこかなぁ……。

少なくとも、自分ひとりでどうこうしようとしてもどうにもならないし、そうしなきゃならないという義務もない。

いや、勿論ひとりの人間として、この世界の住人としての義務は果たすけれど、私ひとりが全部背負い込んで、自分だけで何とかしなきゃ、って焦る必要はないよね、ってことだ。

この世界は、この世界に住むみんなで護ればいい。私は、その中の歯車のひとつとして微力を尽くせばいいだろう。自分にできる範囲で……。

私ひとりが騒ぎまくって、馬鹿正直に『異次元世界からの侵略者が〜！』なんて言っても、誰も信じてはくれないよね。みんなに信じてもらえるような話に置き換えて、上手く説明しなきゃ。

……しかし、どういうことなんだろうなぁ……。

異次元世界からの侵略って、普通は次元を超えるための科学的な手段とか、次元の門（GATE）とか、次元航行艦とか、妖魔とか、精神生命体とか、そういうのが来るというのが相場なのでは……。

なのに、どうして魔物の変異種とかが……。

そして、せっかく黒幕らしいのが登場したと思ったら、喋らないしビーム兵器も装備していない下っ端のロボットとか……。

まあ、事態が『意図されたもの』であり、明確な敵対者がいるということが分かったのは大きいけれど、それ以外は何も分かっていないからねえ……。

大昔から何度も繰り返されたということの行為に、どういう意味があり、何が目的なのか。

滅びゆく世界からの移住？　奴隷を求めて？　食料と資源を求めて？

そして、『実は次元の穴の向こうは、未来のこの世界だった！』とか、『あれは大昔にこの世界から旅立った御先祖様達が植民した世界だった！』とか……）

【……いえ、さすがに、それはないでしょう……】

呆れ果てた、というようなイメージを込めて、マイルの鼓膜を振動させるナノマシン。

（今になって、突っ込みを入れるの……）

どうやら、マイルの脳内ひとり検討会の内容がナノマシンにとって口出しできない範囲から外れたらしく、いつもの調子で話し掛けてきた専属のナノマシン。

【しかし、何という恐ろしいシチュエーションを想像するのですか……。それふたつ共、同族同士の殺し合いじゃないですか。前者なんか、先祖と子孫の殺し合いで、どちらが勝っても滅亡しかないという……。

　そんな、荒唐無稽で救いのない……、え？　かなり低い確率ではあるけれど、そういう事態も生起し得る？　マジか！】

　どうやら、マイルとの会話をモニターしていたらしい、ナノマシンの中央司令部(センター)とかいうところから分析結果が届いたらしい。

（可能性、あるんだ……）

【那由多(なゆた)分の１以下の確率らしいですけどね。……しかし、どうしてそんなあり得ないような確率の地獄絵図を思い付くのですか！　鬼ですかっ!!】

　酷い言われようであった。

（いや、前世の世界では、よくあることだったから……）

【どんな世界ですかっ！　地獄より酷いじゃないですか。そんな世界、最低最悪ですよっっ!!】

（……いや、まあ、実際にあったことじゃなくて、物語なんだけど……）

　どうやら、ナノマシンは何かを誤魔化すために驚いた振りをしているわけではなく、本当に驚いているようであった。

何やら、何度目かの『締め切り』が近付いてきたかのような、この世界。
平穏で平凡な、ありふれた人生を望んだマイル。
人々が気付かないうちに、世界は一歩一歩、『その時』に向かって進んでいた。

第百十四章　チェーン店

「チェーン店を開きます！」

「また、藪から棒に、何を……」

「まあ、マイルちゃんですから……」

「マイルだからねえ……」

もはや、マイルが急に何を言い出しても驚くようなことのないレーナ、ポーリン、そしてメーヴィスの3人であった。

「で、あんたのその怪力で鉄の棒を曲げて鎖（チェーン）を作るわけね。鍛冶屋から色々な太さの短い鉄棒を仕入れれば、加工はあんたが素手で曲げてあっという間に作るから、経費が殆どかからずに丸儲け、ってわけよね？　……チェーンメイルとかも作るの？」

チェーンメイルというのは、不幸の手紙（チェーンメール）とかのことではない。鎖で編（あ）まれた防具（よろい）、鎖帷子（くさりかたびら）のことである。

「やりましょう！　材料の鉄棒はマイルちゃんの収納魔法で色々な種類のを常時用意しておけるか

ら、あらゆるニーズに応えられますし、作業は夜にやれば、ハンターとしての仕事にも影響しません。マイルちゃんの『手作業』なら音も臭いも出ませんから、宿でも夜営中でも大丈夫ですよっ！」

　ポーリン、大賛成である。

「私だけ昼夜ぶっ通しで働くなんて、どんなブラック企業ですかっ！　違いますよ、『チェーン屋』じゃなくて、『チェーン店』ですよっ！」

「……同じじゃないか……」

　メーヴィスにも、両者の違いが分からないようであった。

　それも仕方ない。この世界には、大きな商家が支店を出すことはあっても、チェーン店とかフランチャイズとかいう概念はないのだから。

「『チェーン店』というのは、潤沢な資金を持つ大手が統一性を持たせた店をたくさん出す経営形態のことですよ。店の名前や看板、外観とかを同じにして、扱う商品、サービス内容、その他諸々もマニュアル化して、全く同じにするんですよ。

　そうすると、全ての店において商品の品質もサービスも同じだから、どこの店に行っても馴染みの店のように安心して利用できるんですよ。

　入ってみたら値段が高かった、商品の品質が悪かった、店員の態度が悪かった、なんていう心配がないわけです」

「なる程！　おまけに、如何にその店の店舗が多いかがよく分かり、羽振りの良さも強調できるというわけですね！

　しかも、商品が共通だと仕入れが大量一括購入になるから強気の値引き交渉ができますし、他の店と在庫の遣り取りをすることによって販売機会の喪失が防げます。従業員教育もやりやすいですし、人手不足になった時のヘルプ派遣もスムーズにできます。

　マイルちゃん、いいアイディアですよ！　いくつかの問題点を除けば……」

　ポーリン、絶賛である。

　まあ、お金が儲かる話であれば、大抵は絶賛するのであるが……。

「……で、その『いくつかの問題点』っていうのは、何よ？　まあ、だいたい予想は付いてるけどね……」

　そう、勿論、レーナがポーリンの含みのある言い方を聞き逃すわけがない。

　そして、レーナの言葉を受けて話を続けるポーリン。

「まず、マイルちゃんのお話の最初にあった、『潤沢な資金を持つ大手』という言葉。

……『赤き誓い』は、それに該当しませんよね。

　たくさんの店を作るには、莫大なお金が必要です。私が小さな商会を立ち上げようとして貯めているお金の目標金額より、ずっとたくさんのお金が……。

　そして、たくさんの支店を作るためには、大勢の従業員が必要です。それぞれの店を安心して任せられる、有能で信用の置ける支店長候補と、その下で働く大勢の真面目な店員達が。

マイルちゃんがこんなに早く私の商会設立に協力する決心をしてくれたのは嬉しいですけれど、いきなりそれは、ちょっと商売というものを甘く見過ぎですよ。最初は本店のみで実績を重ねて顧客の信用を得て、それから徐々に取り引きの範囲と規模を拡大して……」

「ちょっと待ちなさいよ！　そりゃ、ポーリンが商会を立ち上げるのにマイルが協力するのはマイルの自由だし、私もその時にはパーティ資産の私の取り分を出資したり、商会の商品輸送の護衛依頼を受けたりして色々と協力するのは吝かじゃないけど、……それは私がAランクハンターになった後の話よ！　まだBランクにもなっていないっていうのに、今、マイルを引き抜かれて堪るもんですか!!」

「同じく！　王宮かどこかの上級貴族から騎士としての仕官の話が来る可能性のあるAランクになれるまで、マイルに抜けられるわけにはいかないよっ！」

レーナが、ポーリンの言葉を遮った。

そして、それにメーヴィスも同調。

しかし……。

このふたりは、自分の目的を果たすためにAランクを目指しているのだから、当然であろう。

「マイルちゃんが引き抜かれるのは困る？」

「「あ……」」

虎の尾を踏んだ。

レーナとメーヴィスはそれに気付いたが、既に遅かった……。

「ほほう……。マイルちゃんが引き抜かれるのは困る、と？　そしてその言い方だと、まるで私が、抜けるのは別に構わない、みたいに聞こえますよねえ……」

（ヤバい!!）

過去の、2度に亘る『ポーリン置き去り事件』の時のことを思い出し、蒼ざめるレーナとメーヴィス。

「そして、他人の力を当てにしての、Aランク成り上がり計画ですか……」

「「ぐはぁ！」」

大ダメージを受けたらしいレーナとメーヴィスであるが、それを聞いたマイルは考えていた。

（いや、それ、私の収納魔法を当てにして商会設立計画を練っているポーリンさんが言いますか……）

立っている者は、クララでも使え。

マイルはそういう考え方をするし、仲間であり友達なのであるから、みんなのために自分が役に立てるのは決して嫌ではない。しかし……。

（みんな、いつまでも私が一緒にいることを前提にして将来設計をしているの？　世の中、いつ何が起こるか分からないというのに……。

私が急にいなくなったらどうするの？　やっぱり、ちょっと苦言を呈した方がいいのかなぁ……）

そう考えながらも、とりあえずマイルは……。

「お願い、私のために争わないで!!」

いつか言ってみたい名台詞シリーズを消化することを優先するのであった。

「いえ、そもそも前提が間違っていますよっ！　私、まだ当分はハンターを辞めるつもりはありませんし、ポーリンさんの商会で倉庫兼荷馬車として働くつもりもありませんよ！

……って、そんな顔をしても駄目ですよ、ポーリンさん……」

＊　　＊

「……じゃあ、その『チェーン店』というのは、商会じゃなくてただの同じような店の集合体、ってわけ？」

「はい。なので、別に全ての店に遣り手の商人が必要だというわけじゃありません。

今回考えているのはお持ち帰り（テイクアウト）の料理店なので、料理をレシピ通りに作ることさえできればいいので、腕のいい料理人が必要だというわけじゃありませんし……。

普通の、言われた通りのことができる者なら誰でもいいんです。

それに、店はそれぞれが自前で用意して、食材も自分達で手配してもらいます。私達が資金を提供したり、全ての店の料理を集中調理施設(セントラルキッチン)で作って配送するというわけではなく……。

なので、正確には『本社直営型多店舗経営(チェーン店)』ではなく、フランチャイズ店なんですけど、『フランチャイズ』とか言っても理解してもらえないし説明も面倒なので、比較的意味が分かりやすい『チェーン店』という言い方にしました。

まあ、フランチャイズもチェーン店の一形態ですからね、本社直営ではないというだけで……」

マイルの説明に、まだよく分かっていないらしいレーナ達。

「でも、もしそれが成功して儲かれば、似たようなお店が乱立するんじゃないですか？　うちがたとえば『聖女屋』という名前にすれば、『勇者屋』とか『御使い屋』とか、もっと露骨に『大聖女屋』、『本家聖女屋』、『元祖聖女屋』、とか……」

ポーリンが言う通り、特許や登録商標、実用新案等の概念がないこの世界では、力のない者が何か新しいことでひと山当てた場合、大商家から中小商家まで、全ての商売人がパクリ商売を始めてしまう。そして財力と人力、役人への賄賂やゴロツキ達を使った妨害工作で、発案者の店を潰したり乗っ取ったりするのは常套(じょうとう)手段である。

「そもそも、どうして私達がそんなことに手を出さなきゃならないのよ！　別にお金には困っていないし、今はBランク、そしてAランクへと駆け上ることが最優先でしょ？」

「ああ。別にそう必要でもないのに、時間を取られたり、面倒事に巻き込まれたりし易いことを始めなければならない理由がないだろう。

「私も、今はハンター稼業に専念すべきだというレーナの意見に賛成だね」

Aランクになることが当面の目標であるレーナとメーヴィスがそう言うのは、至極当然のことであった。

ハンターとしてのランクにはあまり興味がないポーリンは、将来の自分の商会立ち上げのための予行演習になること、そしてマイルに商売とお金儲けの魅力を教え込める絶好の機会であることから、マイルの案の問題点を是正して、自分がブレーンとして指導すれば何とかなる、と考えて前向きに考えていた。

しかしそれでも、こんなに早く店を持つつもりではなかったし、レーナとメーヴィスのAランクになるという目標と、ふたりがそれを望む理由を知っているため、あまり声高にマイルの後押しをするつもりもなかった。

「ち、違いますよ！　別に、私がお店をやるってことじゃないです！　ただ、経営のノウハウとレシピを教えてあげるだけで、最初の手助け以外では経営には携わりませんし、お金も貰いません。なので、私達のハンターとしての活動には別に影響はありませんよ。

まあ、料理素材の納品依頼を受けるくらいのことはあるかもしれませんけど……」

「お金を取らない？　それじゃ、私達が関わる意味がないじゃないですか！」

当然ながら、そこに噛み付くポーリン。

「……で、勿論、マイルには何かそうすべき理由というか、狙いがあるんだよね？」

「あんたはお人好しだけど、慈善事業家というわけじゃないというのは分かってるわよ。たまたま出会った相手を助けてやることはあっても、わざわざ自分から親切の押し売りをして廻るようなヤツじゃないってことくらいはね。

……さあ、何を企んでいるのか、さっさと吐きなさい！」

そしてメーヴィスとレーナの突っ込みに、えへへ、と笑うマイル。

「目的は、情報網の形成です」

「「「情報網？」」」

レーナ達の声が揃う。

「はい。今までに得た情報から、このあたりの国……マーレイン王国とオーブラム王国、そしておそらくはトリスト王国とティルス王国にも、次元の穴の向こうから『この世界と敵対している確率がかなり高いモノ』がちょっかいを出していることはほぼ間違いありません。

でも、新種の強い魔物の出現、というような説明であればハンターギルドも国の上層部も信じてくれるかもしれませんが、本当のことを伝えようとしても、Ｃランクハンターの小娘の言うことなんか誰も信じちゃくれませんよね。

新種の死体を見せても、それは『強い個体の出現』の証明にはなっても、異次元世界の存在や、そこに住むモノによる侵略とかの証拠にはなりませんから。娯楽小説の読み過ぎで妄想癖に陥った可哀想な子供、とか思われるのがオチですよ」

「そりゃまあ……、ねぇ……」

レーナの言葉に頷く、メーヴィスとポーリン。

この3人は、マイルの『にほんフカシ話』とミアマ・サトデイルの小説で鍛えられ、数々の非常識を見せつけられ、そして『マイル』という生きた不条理を目の前にしているからこそ、理解し、信じられるのである。

それを国の重鎮達に求めるのは、あまりにも無理がある。

「それに、下手に中途半端に信じてもらえても、却って悪い事態に陥る可能性もあるからねぇ……」

「ええ、そうですよね……」

「「え？」」

メーヴィスとポーリンの言葉に、疑問の声を上げるマイルとレーナ。

「いや、そんな話が広まれば、民衆の間に不安が広がって、大騒ぎになるだろう？　そして政情不安に繋がったり、『打ちこわし』と称して豪商の倉庫が襲われたり、上の方にとって色々と都合が悪いことになるんだよ……。

そんなことになるくらいなら、余計なことを広められる前に、情報を握り潰したり、危険分子をプチッ、と……」

「民衆のパニック防止のために、情報管制ですか！　そして、情報が漏れるのを防ぐために、私達を始末する、と……」

如何にもありそうなメーヴィスの予想を、否定することができないマイル。

「うん。だから、こういう情報を広めるには、場所と相手とタイミングと規模と内容、全てを慎重に考えないと自殺行為になる、というのが業界の鉄則だね。何も考えずに、ただ伝えたり広めたりすればいいってもんじゃないんだ」

「「「…………」」」

メーヴィスの怖い説明に納得したのか、蒼い顔で黙り込む３人。


「……と、ととと、とにかく、私も上の方に不用意に情報を流すのはマズいと思っているのですよ！

なので、各地に私達の息のかかったお店を作って、そこで情報収集させるんですよ。

何かあれば、そう急がない時はギルド便か商隊に依頼して、急ぎの時は低ランクのソロのハンターに依頼して、連絡する。そうすれば、事が公になって、国が動いて、それが他国に伝わって、とかいう通常の場合に較べて、ずっと早く情報が摑めます」

「「「…………」」」

どうも、マイルの説明を聞いた３人の反応が良くない。

そして……。

「その情報をいち早く摑んで、どうするのよ？」

「私達に、それをどうこうすることができるのかい？」

「それは、国が他国と力を合わせて何とかすることじゃないのですか？　マイルちゃんと私達が、たった４人で何ができると？」

「…………」

仲間達全員に否定され、黙って俯くマイル。

「……あ、あっ、今のナシ！」

「うん、なかなかいい案だよね！」

「本店と支店との関係ではない、同格の商店のネットワーク。将来の商会設立のためのテストケースとして参考にできそうですよねっ！」

３人共、マイルには甘過ぎた……。

＊　　＊

「いえ、別にいいんですよ？　どうせ料理のレシピを教えるのは私ですし、パーティ資産が必要なわけじゃないし、休養期間に私がひとりでやればいいんですから……」

「「「拗ねた……」」」

マイルも、拗ねることはある。

レーナ達が手の平返しでマイルの計画に賛成した後も、完全否定された上にそれを論破できなかったことに、かなり傷付いたようである。

（論破できなくて、子供のように部屋に引き籠もる。……『ロンパールーム』、って、うるさいですよっ！）

脳内ひとりボケツッコミを始めるのは、マイルがかなり苛ついている証拠である。

「まあ、私なんかが何もしなくても、古竜の皆さんが何とかしてくれますよね！　次元の穴にドラゴンブレスを叩き込んだり、侵入者達を踏み潰したりして……。どうせ私なんか……」

「「「いじけた……」」」

「でも、古竜は魔物の特異種程度がこの世界に入り込んでもビクともしないだろうに、なぜそんなことを気にして……、って、先祖が造物主様にお願いされたからか……」

「「「妄想モードに入った……」」」

「うるさいですよ、さっきから!!」

「「「怒った……」」」

とにかく、マイルはチェーン店を始めることにした。

Ｂランクになるための功績ポイントは既に充分貯まっており、レーナ達も、今はそんなにハンターとしての仕事をこなすことに固執してはおらず、マイルに好きにやらせてくれたのである。

「最初は、この街からです！」

＊　＊

そして当然ながら、一号店は『赤き誓い』の本拠地であるティルス王国の王都であった。


「こんにちは～」

そしてやってきたのは、勿論、マイルにとってお馴染みの場所である。

いくら売り出し中の名物ハンターとはいえ、マイルや『赤き誓い』の名が知られているのはハンターギルドの関係者と、王宮の諜報部門、そして護衛依頼を受けたことのある、ごく一部の商人だけである。

……そして、護衛依頼を出すような商人は飲食店とはジャンルが違うし、雇ったハンターの情報を漏らすのは重大なルール違反であるため、他の商人に『赤き誓い』の話が広まることもない。

なので、12～13歳くらいに見えるただのハンターである少女が、普通の商人に相手をしてもらえるはずがなかった。

当然ながら、この街だけでなく、2号店以降を作る予定である他の街においても……。

なのでマイルが狙ったのは、マイルが信用されていて、店舗も人員も無料で確保でき、他の街で活動する時に成功例として示すことのできる実績になり、かつ横の繋がりがあり、お金と権力はないけれど他の街の同業者と互いに良い関係を維持しているところ……、つまりここ、孤児院であった。

「まあまあ、マイルさん、いつもすみませんねえ……。マイルさんが持ってきてくださいますお肉や薬草のおかげで、いつも助かっております。子供達も、見違えるほど元気になりまして……」

慌てて出てきた院長先生が、頭を下げてマイルにお礼を言う。

そう、ここではマイルはＶＩＰ扱いなのであった。

狩りの後、ハンターギルドからの帰りに立ち寄って、ギルドに売らずに残しておいた獲物を1頭、寄贈していく。

孤児院にとって、丸々1頭分のオーク肉というのが、どれ程とんでもないものであるか。

しかも、それが割と頻繁に、たまには角ウサギやら猪やらも付いていて、おまけに山菜や薬草まであったりもする。

孤児院にそんな恵みをもたらす者は、孤児達にとっては、もはや人ではない。御使い様であり、現人神（あらひとがみ）である。

そして、いつものようにアイテムボックスから出した差し入れの品を渡した後、マイルは院長先生に話を切り出した。

「あの～、ここでお店をやってもらえないかと思いまして……」

「喜んでっっ!!」

「え……」

即答であった。

どんな店なのかも、条件すら聞かず、ふたつ返事での了承。

それは、それだけマイルが信頼されているからか、それとも『もう、何も失うものはない』という開き直りであったのか……。

＊　　＊　　＊

「……揚げ物屋、ですか？」

「はい！　このあたりでは、加熱料理と言えば、焼く、煮る、炒める、ですよね？　なので、あまり知られていない『揚げる』という料理で勝負に出ます。

蒸す、というのもあまり見掛けないですけど、蒸すのは調理に時間がかかるし、ふかし芋以外はタネを作るのに手間が掛かるし、調理器材とかも色々と面倒ですから、今回はパスです。

揚げ物の利点は、事前の準備（しこみ）さえしておけば割と迅速に作れること、持ち帰りしやすいこと、タネの大きさと油温が一定であれば同じ時間で同じように仕上がること等、子供達にも調理が覚えやすいということです」

「なる程……」

院長先生も、マイルの説明に納得している様子。……その部分に関しては。

「しかし、孤児院は街の中心部からは少し離れています。そんなところに店が、それも売り物が一種類の素人料理だけという食べ物屋が、充分な集客能力を持つことができるのでしょうか……」

そして勿論、年配者である院長先生は、現実的な問題点を指摘するが……。

「大丈夫です。私にお任せください！」

器材や最初の食材はマイルが用意するとのことなので、孤児院側には、失敗しても失うものはない。せいぜい、子供達の労力が無駄になる程度である。

そしてそんなものは、今までマイルが与えてきた、そしてこれからも与えるであろう恩恵に較べれば、大したことではない。

そして、もし上手くいけば……。

「よろしくお願いします！」

そう言って、マイルの手をがっしりと握る院長先生。

それ以外の返事が、あろうはずもなかった。

「揚げ物に使う油は、オークの背脂を使います。なので、最初のうちは私が提供するオーク肉を使えば、油を購入する必要はありません。

揚げる食材は、勿論オーク肉も使いますが、クック鳥やその他の肉、野菜とかも使います。

それらもある程度は私が提供しますが、それ以外のものは自分達で仕入れてください。自分達で、色々と揚げ物に適したタネを考え、見つけるのもいいと思いますよ。

そしてオーク肉も他の食材も、お店が軌道に乗った後は全て自分達で仕入れていただきます。私が提供するのは、あくまでも軌道に乗るまでの間だけです。

でないと、いつまでも私からの無償提供を前提としていたのでは、私がハンターとしての仕事で遠出したり、……い、いい、仕事に失敗した時、困りますからね」

ハンターが仕事に失敗した時。それは即ち、『いつまで経っても戻ってこない時』である。

マイルは、店が軌道に乗った後も時々はオークの無償提供を続けるつもりであったが、最初からそれに頼るつもりで甘い考えを抱かれては困るので、ここはやや突き放し気味に言っているだけである。

「…………、分かりました……」

院長先生も、それくらいのことは分かっている。

朝、元気に出掛けたハンターが、いつまで経っても戻ってこない。

もしくは、その『一部だけ』が、仲間達に背負われて戻ってくる。

この孤児院から旅立った者達の中にも、そういう者がいたはずである。何人も、何人も……。

底辺職であるハンターは、孤児がなれる職業の代表格なのだから。


……なぜ、マイルが提案したのが、面倒な『食べ物屋』なのか。

年配者である院長先生には、その理由がちゃんと分かっていた。

食べ物屋は、原価率が低い。

別に、暴利を貪(むさぼ)っているというわけではない。食材以外の、店の家賃、光熱費、人件費、その他諸々が高くつくのである。

傷んだり腐ったりしない商品を大量に仕入れ、店員がレジで会計するだけ、という商店に較べ、傷む食材、大勢のウエイトレスや料理人、皿洗い等を必要とし、そしてテーブルの数以上の客は入れられず、ひとりの客が何時間も居座る。これで利益を出すのは、かなりハードルが高い。

……特に、素人が新規に始めようとした場合には。

しかし、もしそこで、人件費と家賃が無料(ただ)になれば？

必要なのが食材費（原価）と光熱費、その他の雑経費のみで、あとは丸々営業利益にできるとすれば？

……他の、普通の飲食店が価格的に対抗できるわけがない。

つまり、後追いの店ができても、棲み分けができるということである。

街の中心部で、通常価格のものを食べる客層。

そして、店まで少し歩くことになるが、低価格で食べられ、かつ『孤児院の経営に貢献している』という自己満足が得られいい気分になれる方を選ぶ客層。

人件費と家賃ゼロ、ということだけは、いくら大店が真似しようとしても、絶対に無理である。

これが他の商売であれば、あっという間に後追いの店に客を奪われてしまうであろう。

そして院長先生にはまだ言っていないが、マイルが考えている『情報収集』という観点からも、ただ商品を渡してお金を受け取るだけ、という店よりは、飲食店の方が有利である。

一応、マイルも何も考えていないわけではなかった。

「揚げ物だと、食材にちゃんと熱が通るから食中毒の危険が少ないですし、色々な食材を使っても、揚げる時間くらいしか調理方法が変わりませんからね。

……ただ、油を使うのは少し危険です。子供達が火傷をする危険、そして火事になる危険……。

なので、調理場は孤児院の建物ではなく、庭の端に造りましょう。私が土魔法でぐわっと建てちゃいますので……。

そして最大の懸案事項、『子供達が、煮立った油が入った鍋をひっくり返す』という危険をなくすため、鍋は竈（かまど）に固定して、動かせないようにします。勿論、間違っても子供達が鍋の中に落ちたりしないように、高さや大きさ、囲いとかには万全の態勢で……。

そして、人手だけは充分にあるという強みを活かして、年長者をひとり、他の仕事はさせずに常に鍋の様子を見張る役に当てるとか、とにかく安全には注意させましょう」

マイルもそのあたりは考えているようであった。

確かに油を使うのは少し危険であるが、蒸すとなると食材を加工する手間、蒸す時間等の関係で、素人が短時間で大量に調理するのは難しいと考えたのであろう。

それに、マイルは元々蒸し料理にはあまり詳しくなかった。なので、揚げ物一択、というわけである。

それに、もし油がはねて多少の火傷をしたとしても、治癒魔法で何とかなると考えているのかもしれない。

子供達に熱い思い、痛い思いをさせたいわけではないだろうが、そこは許容範囲とでも思っているのか……。

とにかく、何とか1号店の目途は立ったようである。

＊　＊

「……というわけで、1号店の交渉は順調なスタートを切りました！」

夕食の時に、嬉しそうにそう報告したマイルは、自分だけ先にさっさと部屋へ戻っていった。

おそらく、明日からの孤児院での準備計画でも立てるつもりなのであろう。

　そして、食後のお茶を飲みながら食堂に居残っている、レーナ達3人。

「どう思う?」

「どう、って言われても……」

　メーヴィスの振りに、肩を竦めてそう答えるポーリン。

「まあ、情報収集と連絡なんて、誰か個人に頼むようなことじゃないからねえ。ハンターに依頼しても、受けてくれたハンターがずっと街にいるわけじゃないだろうし、何のためか意味も分からないこんなおかしな依頼は受けてくれる者がいないだろうし……。

　ギルド自体に依頼しても、ギルドが正確な情報を得てから、とかじゃあ、意味がないからね。

　そんな段階なら、とっくにそこの所属ハンターや他の街のギルド支部にも情報が廻っているだろうから依頼する意味がないし、完全に遅過ぎるよねえ……。

　まあ、孤児院を利用する、というのも、そう頭のいいやり方だとは思えないけど……」

　メーヴィスもまた、そう言って肩を竦めた。

「分かってるわよ、別の、もっと簡単なやり方もあるだろうに、マイルがわざわざ孤児院を利用しようとしたことくらい……」

　そう。父親を亡くし、その後面倒を見てくれた『赤き稲妻』のみんなも失ったレーナは、魔法の才能が開花しなければ孤児となっていたはずであった。

　孤児院に引き取られれば、まだ運がいい方。運が悪ければ、スラムに住み着くか浮浪児となり、成人することなく人生を終えていた可能性もある。

そんなレーナが、孤児達に思うところがないはずがなかった。

なので、マイルがいつも孤児院や河原に住み着いている浮浪児達に差し入れをしているのを知っているレーナは、自分も時々孤児達を支援しているのである。

そのため、マイルが今回の情報収集ネットワークうんぬんにかこつけて孤児院に継続的な収入の途(みち)を与えようとしていることくらい、最初から気付いていた。

しかし、それを積極的に手伝おうにも、レーナにはオーク1頭を丸々運ぶことなどできない。

……そしてレーナには料理の才能がなかった。恐ろしいほどに……。

以前、マイルに『どこの千鶴さんですかっ！　老舗(しにせ)旅館でも経営してるんですかっっ!!』と、何だか訳(わけ)の分からないことを叫ばれたことがある。

なので……。

「……まあ、マイルは孤児達とワイワイ楽しくやりたいだろうから、好きにさせてあげましょ。私達は、マイルの都合に合わせて他領へ行く仕事を受けたり、また修業の旅で他国を巡ったりしてあげればいいでしょ」

「ああ。それくらいしても……」

「まだまだ借りは返せていない、ですよね……」

メーヴィスの言葉に頷く、ポーリン。

そう、魔法や剣技の特訓も、お家騒動の時も、メーヴィスの左腕のことも、その他諸々……。

皆、あまりにもマイルへの借りが多過ぎた。

「馬鹿ね！」

しかし、レーナがメーヴィスとポーリンの言葉を否定した。

「私達があの子を護り、その望みを叶える手伝いをするのは、『借りがあるから』じゃないでしょ！」

「「あ……」」

そう。レーナが言う通りであった。

皆が、マイルのために協力する理由は……。

「この身体に、赤き血が流れている限り……」

「「我らの友情は、不滅なり!!」」

「ううう、皆さん……」

そして、涙目のマイル。

いくら2階の部屋にいても、あんなに大声で叫ばれたのでは、高性能なマイルの耳には丸聞こえなのであった……。

＊　＊

「てやっ！」

もこもこ……、ずびし!!

「建物、できました！」

孤児院の建物から少し離れた庭の一角に、マイルの土魔法によって小さな小屋が造られた。

土魔法とはいっても、出来上がった小屋は岩のようなものでできている。あの、携帯式要塞浴室や携帯式要塞トイレと同じである。

そして、ただの小屋ではなく、庭の方に面した壁の一面には販売用の開口部がある。

……そう、揚げ物を売るためのブースであり、小屋の中で調理をするようになっているのであった。

岩でできており、孤児院の建物からこれだけ離れていれば、何かあっても孤児院が全焼するようなことはないであろう。

「えい！」

もこもこ……、どん！

「竈と調理台、できた料理を並べる棚、その他諸々もできました！」

「「「「**ばんざ～い!!**」」」」

院長先生達、大人組は呆然としているが、子供達は元気にはしゃいでいる。

やはり、常識のある者達には少々厳しかったようである。

「あとは、穴が開いて廃品になった古い釜(かま)を魔法で直して、竈に固定します。油の入れ替えの時は小さな鍋やお玉で掬(すく)わなきゃならないから少し面倒ですけど、ひっくり返して大惨事、というのに較べれば、それくらい許容範囲内ですよね？」

こくこく、と頷く大人達。

鍋ではなく釜なのは、竈にすっぽりと嵌めて固定するためである。安全第一、であった。

そして、孤児院(ここ)の常連であるマイルは、穴が開いた古い釜が物置に置いてあることを知っていたため、それを魔法で直して使用することにしたのである。

いくら壊れたとはいえ、金属製の釜を捨てることは、孤児院の者達にはどうしてもできなかったようであった。

元日本人であるマイルには、その気持ちがよく理解できた。

……『モッタイナイ』の精神である。

またの言い方は、『貧乏性』。

そして、揚げ物用だけではなく、オークの背脂からラードを作るための竈と釜も必要であった。

こちらも、揚げ物用と同じように、土魔法で竈を作成。

「あ、釜が足りない！」

そう、ラード作りにも、当然鍋か釜が必要であった。こちらも、事故防止のためには釜の方が望ましい。

「……古いやつは、ラード用にします。揚げ物用は、どこかで入手してきますので……」

マイルであれば、どこかで穴が開いたものを貰うか、中古品を安く買い叩き、それを修理することができる。なので、それは後で手配することにした。

その他にも、他の料理を作るための少し小さな竈をいくつか造り、大人達と相談しながら色々と微調整を行うマイル。

念の為、主力の揚げ物だけでなく他のサイドメニューも出すことになった場合に備えたものである。勿論、お茶とか白湯とかを提供することも考えているので、予備の竈は必要である。

「よし、もうひとつの釜と、鍋、容器、そして食材を除き、概ね準備ができました。

では、開店は来週、ということで……」

オークは、アイテムボックスに売るほど入っている。

……いや、その通り、少しずつ売るためにストックしているのであるが……。

他の食材も色々と揃っているため、後は足りない調理器具を揃え、そして子供達に調理法と接客のやり方を仕込むだけであった。

それと、あそこへの申し入れ……。

＊　　＊

数日後、マイルは既に揚げ物屋『アイキャンフライ』を立ち上げていた。

場所は、王都の中心街から少し離れた、孤児院の庭の一角。

従業員は孤児達で、孤児院の運営に携わる大人達と、ボランティアの者達がサポートしている。

サポートとは言っても、火や油を使うため危険がないよう見守ったり、相手が子供だと思って無茶を言ったり料金を踏み倒したり、それどころか売上金を奪おうとする者が現れたりしないようにと、用心のための人員配置である。基本的に、店の仕事は子供達だけでやるように言ってあった。

それは、子供達の自立心を養い、自信を持たせ、そして孤児院を出た後のことを考えた人格形成のためであった。

そして院長先生を始めとする大人達も、マイルのその案を了承してくれたのである。


「おうおう、ちゃんとやってるじゃねーか。『収納少女隊』の奴らが宣伝してたから、来てやったぜ！」

そんなことを言いながら、孤児院の庭へ入り、席に着く5人連れの男達。

その後にも、数人のグループが次々とやってきた。中には女性もいる。

当然のことながら、その大半はハンターパーティであろう。それと、下級兵士や、街のチンピラ達の姿も少々……。

チンピラ達も、悪い意図があるわけではなく、普通の客として来てくれたらしく、仲間達と機嫌良さそうに話している。

マイル達が宣伝したからか、孤児院のために少し協力してやる気になったからか、それとも料理上手で知られているマイルが考案したという料理を食べてみたかっただけなのか……。

ハンターや兵士、チンピラ達の中にも、孤児だった者はいる。

そして、いつ自分の子供達が孤児になって、孤児院の世話になるかも分からない。

なので、孤児院に対して悪事を働く者の数は、決して多くはないのである。

……まあ、とにかく、誰がどういうつもりで来ようが、客が来てくれたことには変わりない。

早速、メニューを持って飛んで来る、ウエイター役の子供達。

ここでは、客が自分で飲食物を買いに行ってもいいが、子供達にオーダーして持って来させることもできる。

そしてその場合、強制ではないがチップを与えると子供達が喜ぶということがメニューに記載されている。

日本円にして、僅か20～30円相当のチップ。

これで、飲み食いしながら歓談している途中で飲食物の購入のために席を立つ必要がなくなる。

そして、その僅かなお金で子供達が大喜びして感謝し、『これで、食事の量が少し増えるかも……』と呟き、チップをくれた羽振りのいい客を憧れの視線で見詰めるのである。

底辺職である下位ランクのハンターにとって、それは麻薬の如き効果があった。

そして次の注文の時には、チップの金額が増えている、という寸法であった。

子供達が提供しているのは、食べ物とお茶、そして白湯と水だけである。

しかし、それだけでは客の方に不満が出る。

何しろ、提供される食べ物の大半が、揚げ物なのである。『酒を出せ！』と言われるのは当たり前であった。

しかし、子供達に酒を売らせるのには色々と問題があった。

酒の販売や提供には商業ギルドの許可が要るし、そこまでやると、もはや『孤児院の、ささやかな運営費稼ぎ』の域を超えてしまう。

そこでマイルが考えたのが、『酒場の経営者に、支店を出してもらう』ということであった。

街の酒場の経営者が出す支店であれば商業ギルドの方は問題ないし、従業員はひとりで済む。

ウエイトレスの代わりは子供達が務めるので問題ない。

そして、ここが酒場の支店との合同販売所であるということで、大きなメリットが得られる。

それは、客が店の者に変に絡んだり、暴れて店を壊したりしなくなる、ということであった。

普通、余程の無法者であっても、酒場の関係者には手を出さないし、店を壊すようなことはない。

せいぜい、ウエイトレスの女の子をからかうか、喧嘩でグラスや皿、椅子やテーブルを少し壊すくらいであり、そして壊した物は後で弁償するのである。不可抗力として、マスターから免責の宣言をされない限り。

……なぜかというと、店の従業員に手を出したり店に大きな損害を与えてしまうと、店が潰れてしまうからである。

自分達が飲み食いする居心地のいい場所を自分で潰してしまい、そしてそのことで他のハンターや傭兵ギルドの者達、兵士、一般の市民達から恨まれ、色々と面倒なことになってしまうのである。

なので、酒場での喧嘩はそれなりの節度を守ったものとなり、店に被害を与えることは御法度なのであった。

西部劇のように、毎回椅子やテーブル、そして酒樽や酒瓶が壊されたり、ウエイトレスの女の子が暴行されたり、マスターが射殺されたりしていたら、店がすぐ潰れるし、新たに酒場を開こうなどと考える者が現れるはずがない。

なので、そういうことをする者は馬鹿な若造だけであり、そしてすぐに古参連中に叩きのめされ、巾着袋から賠償金を抜かれた後、叩き出されるのが通例であった。

……そして、そろそろ最初の注文の品がテーブルへと届けられる頃であるが……。


「何だ、こりゃ！」

この店の最初の客である5人連れの男達のうちのひとりが、運ばれてきた料理をひとくち食べ、……ふたくち食べ、ガツガツと食べてから、そう叫んだ。

聞いたことのないメニュー名のものが多かったため、適当に頼んだ料理である。そのため、初めて食べる料理であったが……。

それを聞いて、注文の品が来るのを待っていた他のテーブルの客達が、少し顔を顰めた。

信用のある女性パーティが勧めてくれたから来たけれど、失敗したかな、やはり孤児達が作る素人料理に過ぎなかったか、と思って。

しかし……。

「旨い、旨過ぎるぞ！　初めて喰ったぞ、こんなもん!!　酒だ！　こんなもん、酒なしで喰えるか!!　おい、そこの坊主、エール買ってこい！　釣りはチップだ！」

それに続く男の言葉に、席を立って自分で酒を買いに行く者、近くにいた子供達を呼び付ける者と、酒場の支店……マイルが造った、ただの小さなカウンター付きの小屋……にも行列ができはじめた。

酒場の支店も、揚げ物屋と同じような作りであるが、竈はホットエールやホットワインを用意するためにひとつあるだけである。

従業員は男性ひとりだけであり、ウエイトレス役も木製カップを洗うのも、全て孤児院の子供達の役目である。

人件費格安の大量の労働力というのは、実に素晴らしいものであった。

揚げ物屋。

マイルは、最初はただの屋台のようなものを考えていた。

労働力の節約（負担の軽減）、客の回転速度、その他諸々から考えて、それが妥当だと思ったのである。

しかし、レーナ達の意見や、試作品の試食会の結果……。

「ただ窓口で売るだけじゃ、情報収集なんかできないんじゃないの？」

「人件費はどうせ無料（ただ）だし、子供達は30人以上いるのでしょう？　普通にテーブル席のあるお店にした方が稼げるのではありませんか？

交替制にしたり、営業時間を絞ったりすれば、子供達の負担は少ないのでは？　逆に、自分達が孤児院のために役立っているということで満足感が得られて喜ぶのでは？　深夜営業は街の飲み屋に任せて、こっちは昼食から夕食までの時間帯に絞れば……」

「これ、すごく美味しいけど、冷めると味が落ちるよね……」

「この場で熱いうちに食べさせて、追加購入させた方が……」

「絶対、お酒を欲しがるよね、これ……」

などの様々な意見が出たため、屋台や販売スタンド形式を取りやめ、フードコートにしたのである。

……お店の数は、揚げ物屋と酒場の支店のふたつのみであるが。

そしてどうやらその狙いは当たったらしく、屋台で揚げ物を数個買うだけ、というのより遥かに客単価が高く、しかもテーブル席が埋まればそのあたりに適当に座り込んで飲食するという、客の収容能力無限大というおかしな状態になっている。

おまけに、酒場からはテナント料が支払われる。それと、勿論、ウエイトレス役やカップ洗い役の子供達の賃金も……。

当たり前である。慈善事業ではないのだから。

いや、孤児院自体は『慈善事業』かもしれないが、それはそれ、これはこれ、である。


マイルは、揚げ物の調理については色々と知恵を絞った。

こういうところには拘るのである。

まず、油の選定。

最初は植物油を考えていたようである。菜種、パームの実、とうもろこしの胚芽、胡麻、オリーブ、紅花、その他諸々から採れるやつを……。

マイルであれば、その怪力で限界まで絞ることができて、効率的である。

しかし、植物油を採るためには、その植物が必要であった。

……当たり前である。

だが、この付近では採油用の植物を大規模に育てているところはない。

なので、買うと結構高くつき、野生のものを採取するにも、僅かしか採れない。

そこでマイルが思い出したのが、『一流のとんかつ屋は、ラードを使う』というネット情報である。

天ぷらにラードを使うと、冷めたら油が固まって、マズい。

しかし、フライにはラードが合う！

そして何より、ラードの原料は豚の脂身であり、……オークは豚に似ている。

斯くして、油は決まった。天ぷらがメニューから消え去るのと同時に。

そして揚げ方であるが、マイルは少量の揚げ物を作る時には、鍋に2センチくらいしか油を入れずに調理する。本当は3センチくらい入れた方がいいのであるが、そのあたりには節約精神が旺盛なマイルであった。

少ない油量であまりたくさんの具材を一度に入れると、油温が下がってしまい上手く揚げられなくなるが、そこは腕でカバーするのである。

元々、揚げ物には日本の天ぷら鍋のように大量の油を贅沢に使うことはなかった。油は高く、貴重品だったのである。

そもそも、フライ用の鍋(pan)であるフライパンは、浅くて広い。

……そういうことである。

しかし、技術のない子供達に作らせるのであれば、投入する具材の量や種類によってコロコロと油温が変わるのは避けたい。

ならばどうすればいいかというと、……大きな鍋や釜に、たっぷりと油を入れる、ということになる。

ラードで揚げるのに適しているのは、とんかつ、コロッケ、チキンカツ、メンチカツ、串カツ、ビーフカツ、ジャガイモの小さいの、その他諸々。

しかし、コロッケとメンチカツは、揚げるのはともかく、タネを作るのが面倒だからパス。

ビーフカツは、食材費が高いからパス。

ひとつだけ飛び抜けて高いのがあるのはアレだし、売れ残って廃棄品(ウエスト)となった場合、予算的なダメージが大きいので。

しばらく営業して、『当日のスペシャル』とかで試しに出してみて、高いものも売れるとなれば、その時に再考するつもりのようである。

ひとつの店で試した結果を全ての店にフィードバックできるのが、チェーン店の利点である。

そしてマイルは、今日は調理場に籠もりっぱなし。

客席の方は他の大人に見てもらい、自分は調理の様子を監督。

調理も接客も、この数日で完全に教え込んだ。後は、実戦で訓練の成果を出せるかどうか、である。

道場剣術と同じで、練習では強くても実戦ではからっきし、というのは、どんな業界でもよくあることである。

しかしマイルは、孤児達の打たれ強さと開き直りの精神を信頼していた。

なので、余程のことがない限り、口出しをするつもりはない。

……勿論、危険行為があった場合には、即座に止めるが。

（うんうん、問題なくやれていますね。これなら、私が見ていなくても大丈夫そうです。オークを数頭渡しておけば、もう私が街を離れても問題ありませんね。……まあ、もうしばらくは様子を見ますけど……）

＊　＊

そして数日後、孤児院がハンターギルドからオーク肉を直接仕入れるための話を付け、そして食材を仕入れる資金を充分に稼いだことを確認したマイルは、仲間達と共に『修業の旅』に出た。流石にレニーちゃんを振り切って……。

出発前に、念の為にギルドマスターに『ハンターが孤児院に迷惑をかけないよう、ちゃんと見張っていてくれ』と頼んだのであるが、『お前達が絡んでいるというのに手を出すような馬鹿がいるもんか！』と鼻で笑われた。
まあ、それでもちゃんとやってくれることは分かっている。
もう、長い付き合いなのであるから……。

第百十五章　侵略開始

「皆さん、ありがとうございました！」

ティルス王国の王都に戻り、お馴染み、レニーちゃんの宿屋で夕食を摂っている『赤き誓い』一行。

　どうやら、今回は少し張り込んで、豪華な食事にしているようである。

「これで、この国と周辺国の王都の孤児院に、新たな収入源を与えることが……、じゃない、情報網を形成することができました！」

　マイルの言葉に、動じた様子もないレーナ達。

　マイルの孤児院テコ入れ計画が、『情報の収集のため』というのは建前であり……その役割が全くないというわけではなく、嘘だということはないが……、孤児院の支援が本当の目的であることなど、皆には最初からお見通しであった。

　運営が厳しかった孤児院に、マイルがかなりの支援をしていた。

　それで食生活が大きく向上した孤児院であるが、もしここでマイルが仕事に失敗したら……。

その日がいつ来るか分からない。

普通の魔物相手には無双できても、人間相手だと思わぬ不覚を取ることもあるし、圧倒的な戦力差や、搦（から）め手とかもある。古竜であっても、仔竜が人間に殺されたことがあるのだ。数千の兵力と多数の大型弩砲（バリスタ）を用意されて……。

そして、正体不明（異次元世界）の敵とかも……。

万一の場合に備えた、マイルの先行措置。

それくらいが分からない仲間達ではなかった。

「まあ、全ての街の孤児院に、なんてのは到底不可能でしたけど、各国の王都の孤児院だけでも何とかできれば、それを見た他の街の孤児院も、何か似たようなことを考えてくれるかもしれませんし……。

一応、私が手を出した孤児院（ところ）には、他の孤児院が相談に来たら、揚げ物屋関連のノウハウを教えてあげるように、って言っておきましたし……」

孤児院は、営利団体ではない。なので、他の孤児院は決してライバル企業とかではなく『子供達のために頑張る、同志』として、力を合わせてくれるに違いない。

そう信じている、マイルであった。

「これで、あとは今まで通り普通のCランクハンターとして頑張って、レーナさんとメーヴィスさんの目標であるAランクを目指すだけですよね」

マイルは、自分が諸国を廻ってもあまり意味がないということを自覚したようであった。

確かに、開いている時間が短い次元の裂け目にたまたま出くわす確率は限りなく低いし、古竜の目的も分かった。そして先史文明(フォア・ランナー)の遺跡も、ゴーレムとスカベンジャー以外は何も残ってはいないらしいということも……。

なので、異世界からの小規模な偵察らしきものが行われていることは知っているが、今はまだ小康状態を保っているし、自分達にはどうしようもない状況であると判断しているわけである。

そしてレーナ達は……。

（マイルはああ言っているけれど、『アイツら』が近々襲撃してくる確率はかなり高い……、いえ、ほぼ確実ね……）

（来ますね、奴らが……）

（来襲に備えておかないと……）

（（絶対に来る！　アイツら、『ワンダースリー』がマイルを狙って!!））

かなりの危機感を抱いているようであった……。

＊　　＊

『赤き誓い』が孤児院テコ入れの旅を終えてから、数カ月が経過した。

その間、マイルは5日以上の長期休暇には各地の孤児院の様子を見て廻り、指導や問題点の改善に努め、もう孤児院はマイルの助けがなくとも子供達に腹一杯食べさせてやる程度のことは充分にできるようになっていた。

マイルひとりだけであれば、重力遮断魔法(ケイバーライト)によって『水平方向に落下する』という荒技を使い、短時間での移動が可能であるため、各地の孤児院のフォローができたのである。

マイルが直接関わってはいないその他の孤児院も、揚げ物屋や、他の『人件費と家賃がゼロ』という利点が最大限に活かせる業種……つまり、手間がかかって人件費が高くつくやつ……に手を出して、少しずつ収益を上げていった。

(もう、私に何かあってもこのあたりの孤児院は大丈夫だ。これで、私がこの世界に転生した意味は充分あったと言えるだろう。私が死んで、またあの『神様モドキ(オーバーロード)』に会ったとしても、胸を張って報告できる……。

後は、悔いのない人生を送ろう。自分のための人生を。

そしてこの世界で、愉快に遊ぶんだ!!)

そんなことを考えているマイルであるが……。

＊　　＊

「『赤き誓い』のマイル様に、お届け物です」

いつものように、宿のマイル達にハンターギルドからの定期便が届いた。

届けてくれたのは、いつもギルドでたむろしている小遣い稼ぎ目的の子供達のひとりである。

小銀貨3枚での王都内配達の仕事は、彼らにとっては非常に美味しい仕事なのである。特に、ギルドからそう離れていない場所への配達は……。

届けられたのは、マイルが事業立ち上げ支援の代償として各地の孤児院に依頼している、街の情報の定期報告である。

この報告依頼と報告書送料の孤児院側負担が、あの事業に関するマイルの取り分の全てである。

「えーと、マーレイン王国の分か……。低ランクハンターを雇ったり早馬の特別便を使ったりすることなく、普通のギルド便だということは、大した報告じゃない、ということだよね……」

そう言いながら、手紙の封を切るマイル。

「何々、『新種の魔物が増え、軍とハンターギルドに加え傭兵ギルドも駆除に奔走。森の中の危険度が増し新米ハンターは及び腰なれど、一般庶民の生活には支障なし。

新種の肉は脂身が少なくて甘みは弱いけれど、噛み応えがあり旨味は上々。すじ肉がいい感じで、軟骨部分のコリコリとした食感がなかなか……』って、残り全部、新種の魔物の料理批評ですかっ！

……というか、新種が市場に出回り始めているとか、大丈夫なのかな……。

他の国からの報告も、似たようなものだし……」

「この前来た、トリスト王国の孤児院からのには、新種のオークの煮込み料理について書いてありましたよね」

「『煮たような』じゃありませんよっ！」

ポーリンからの茶々入れに、ムキになって怒鳴るマイル。

各地の孤児院からの報告はマイルにとっては重要なことなので、それに関する茶々入れには不寛容なマイルであった……。

「しかし、どこかで突然大事件が、というならばともかく、各地でじわじわと脅威度が上がっていくというのでは、どうしようもないよね？　まあ、大事件が起こったとしても、どうしようもないけど……」

メーヴィスが言う通り、『赤き誓い』は、いくら売り出し中の名物パーティとはいえ、たかがCランクの少女4人のパーティに過ぎない。それでどうこうできる程度のことであれば、古竜一頭で何とでもなる。もしくは、どこかの国の王都軍とか、領主軍とかでも。

それに、『赤き誓い』は4人、ひとつのパーティに過ぎない。各地で同時多発する事象には対処できない。

「各国の対処に任せるしかないわよねぇ。ま、マイルが情報網云々（うんぬん）とか言ってた時にも言ったけど、あんたひとりがいち早く情報を入手しても、何の意味もないわよねぇ」

「……しょぼ～ん、スプレー……」

メーヴィスの突っ込みに続くレーナの駄目押しに、がっくりと肩を落とすマイル。

そしてやはり、前世の自分と少し似た悩みを抱えていたらしきキャラに愛着があったのか……。

＊　　＊　　＊

【マイル様、アポなしの来客ですが、如何なさいますか？】

「え？」

「ん？　どうかしたの？」

「あ、いえ、何でもありません！　えへへ……」

思わず声に出してしまい、慌てて誤魔化すマイル。

（な、何？　どうしてナノちゃんが来客の取次ぎをするのよ！　それは、レニーちゃんの仕事でしょうが！）

脳内で、至極尤もな主張をするマイルであるが……。

【ハイ、普通の来客……ヒト種とか魔族とか獣人とか……であればそうなのでしょうが、訪問者が少し変わっておりまして、私達に仲介を求めてきましたもので……】

（あ〜、何か、まともじゃないやつか……。それなら、私だけで会う方がいいよね？）

【……】

（何よ、その沈黙は！）

【いえ、先々のことを考えますと、他の方々も御一緒の方がよろしいかも、と思いまして……】

（えええええ！　だって、相手は人外だよね？　しかも、魔族でも獣人でもないヤツ！　そんなのとみんなを会わせても大丈夫なの？　主に、私の秘密的な点で……）

【…………】

（私が決めろ、ってことか……。

でも、ナノちゃんがわざわざそんな言い方をするということは、多分それが『お勧め』ってことなんだろうなぁ……）

マイルは数秒間考え込み、そして……。

（この部屋へ通してちょうだい）

【御意！】


「皆さん、来客があるそうですので、この部屋へ通します」

「いつ知らせがあったのよ！　そして、誰が来るのよ!!」

当然の疑問を口にするレーナであるが……。

「さあ？　会ってみないと、私にも……」

「そんな怪しい奴、女の子だけの部屋に通すなああぁっ!!」

怒りの叫びを上げるレーナ。

「まあ、マイルだからね」

「マイルちゃんですから……」

そして、通常運転のメーヴィスとポーリン。

「……分かったわよ。さっさと呼びなさい！」

諦めたかのようにレーナがそう言うのと同時に、開けられたままの窓から一羽の小鳥が飛び込んできた。

そして、テーブルの上に着陸。

「来客って、鳥かあああぁっっ!!」

レーナ、先程から叫びっぱなしである。このままだと、レニーちゃんが怒鳴り込んでくる。他の客に迷惑だ、と言って……。

なので、慌てて遮音結界を展開したマイル。

そして、まじまじと小鳥を見詰めると……。

（……接合部の出っ張り。これって、リベット？

金属の光沢そのままで、角張ったデザイン。ロボットであることを隠す気、皆無ですよね……。

というか、まるで、小鳥型サポートロボットの、チカ……）

「あれ？　この鳥、何かおかしくないかい？　何だか金属的な……」

メーヴィスがそう言いかけた時、小鳥が視線を上方45度に向け、その両眼から光を発した。
そしてその光が空中に映像を結び、その映像がぺこりと頭を下げた。
そう、本体と同じ、小鳥の姿の映像が……。

『コンニチハ……』

「「「ひいいいぃ、シャベッタアアアァ～～!!」」」

「スワニーですかっ！　そして、映像も本体と同じ姿なら、わざわざ映写する必要がありませんよっ！　本体がそのまま喋りなさいよっっっ!!」

マイル、なぜだか激おこであった……。

「な、ななな、何よこれ！」

「あ、あああ、悪魔のしもべか、神の使いか……」

「つ、つつつ、捕まえて売れば、良い値に……」

ひとり、何か少しおかしいのが交じっていた。
それらをスルーして……。

「ただの絡繰り、ゴーレムの一種ですよ。スカベンジャーのような、非戦闘用の……。
そして、映像は幻惑魔法によるものです」

マイルがそう説明すると、すぐに落ち着きを取り戻したレーナ達。

作り物だと説明されれば、ゴーレムやスカベンジャー、そしてメーヴィスの左腕のことも知っているレーナ達にとっては、『なんだ、その系列のもののひとつか』で済むのであった。

映像も、魔法だと言われれば、日頃マイルの不可視魔法や変装魔法等の光学系魔法を見慣れているレーナ達にとっては、大したことには思えなかった。

そして鳥が喋ることくらい、ケモノ度が高い獣人や古竜が喋ることを思えば、全然大したことはなかった。

「で、訪問の目的は何ですか？　そして異次元世界からこの世界へ、それもあなた達を造った知的生命体ではなく魔物を連れてくる理由は……」

ナノマシンが仲介を受けたのである。マイル達に危害を加えるつもりがないことは間違いないであろう。なので警戒はしているものの、そう心配をしているわけではないマイル。

せっかく異次元からの侵略者が向こうから接触してきたのである。この機会を逃すまいと意気込むマイルであったが……。

【あ、この小鳥はこの惑星側の勢力ですよ？　あの、以前会ったスカベンジャーの関連です。でないと、マイル様のことを知っていたり、我々ナノマシンの存在を知っていたりするはずがないでしょう？

我々のことを知っているのは、以前接触してデータ通信による情報交換を行ったスカベンジャー達と、あの省資源タイプ自律型簡易防衛機構管理システム補助装置、第３バックアップシステムだ

けです】

（そっちですか～!!）

考えてみれば、異次元勢がマイルのことを知っていたり、捜し当てて直接接触を図ったりできるはずがない。

『「スロー・ウォーカー」ガ、管理者ニオ会イシタイト……』

「え？　ゆっくり歩く者（スロー・ウォーカー）？　ここに来て、新キャラの登場ですかっ！」

マイルの突っ込みには無反応の、メカ小鳥。

「というか、私のことを『管理者』と呼ぶということは、やはりアレですか、そのスロー・ウォーカーさんも、私の管理下の方ですか……」

スロー・ウォーカーと名乗るということは、通常は6本足で素早く移動するスカベンジャーが、故障か何かで移動速度が落ち、そのため作業担当から離れて指揮官役をやっているのであろうか。

しかし、スカベンジャーを新造する技術と資材があるのだから、修理すればよいはずである。

電子頭脳の運動制御部位か何かの障害で、無理に修理しようとすると他の部分に影響が出るとか、そういった問題で手を出せないのかもしれない。

そんなことを考えるマイルであるが、勝手に想像しても仕方ない。

「何か、私が指示しなければならないような問題が発生したのですか？　それとも、単なる定期報告とかをしたいだけとか、基地の修理状況や他の場所の状況を教えたいとか？」

『「スロー・ウォーカー」ガ、管理者ニオ会イシタイト……』

「あ、スカベンジャーさんのような高度な思考能力があるわけではなく、ただのメッセンジャーでしたか……」

メカ小鳥が先程と同じ台詞を繰り返したことから、簡単な受け答えしかできないのであろうと判断したマイル。

「会いに来てくれるのですか？　それとも、こちらから行く必要が？」

『案内スル』

「あ〜。数日待っていただけますか？」

『待ツ』

無線とかの類いで、遠くにいる者が答えているようには見えなかった。

どうやら、少しは受け答えができるようであるが、おそらく前もって想定問答として答えが入力されている質問に対しての、自動的な応答に過ぎないのであろう。

思考や判断能力がスカベンジャーのように高性能ではないのは、身体が小さい上に飛行機能に体積を取られ、電子頭脳を小さくせざるを得なかったのであろうか……。

メカ小鳥は自分の役目がいったん終わったと判断したのか、テーブルから飛び立って整理箪笥の上へと移動し、そこにぺたんと座り込んだ。

テーブルの上に座り込まれると邪魔になるので、その配慮はありがたい、と思うマイルであるが……。

「報告に戻るんじゃないのですか！　私達がついていくまで、ずっと居座るつもりですかっっ!!」

どうやら『マイルを連れて戻る』というのが任務らしく、自分だけ戻るというのは任務外の行動になるらしかった。

悠久(ゆうきゅう)の刻(とき)を過ごす機械知性体にとっては、数日間などどうでもいい時間であり、誤差の範囲内なのであろうか……。

「まあ、そういう命令を受けているなら、仕方ないですよね。ロボットなのですから……」

被造物の行動に関しては、割と理解のあるマイルであった。

「……で、説明してもらおうかしら……」

そして当然のことながら、メカ小鳥との遣り取りが終わるのを待っていたレーナ達からの説明要求が待っていたのであった……。

＊　＊

「……じゃあ、先史文明(フォア・ランナー)の残滓(ざんし)であるあの時のスカベンジャーやその仲間達が、先史文明人の子孫であるあんたに命令権を渡したってわけ？」

「はい……。まあ、先史文明人の子孫って言っても、この世界のヒト種はみんながそうなんですけどね……。

知的生命体がいきなり湧いて出るわけでなし、みんな昔の人間の子孫に決まってますよ。

ただ、私が一番最初に話し掛けたことと、私は先祖返りと言うか何と言うか、少し昔の人の血が濃く出ているらしくて……」

「「「ああ！」」」

先祖返り、という点には、みんなが納得したように頷いた。

エルフやドワーフに、いつも同族臭い……本当に臭うのではなく、何となく同族のような気がするということ……と言われている理由が、何となく分かったような気がしたからである。

それに、昔の偉大な種族の血が濃く出ているのならば、マイルのあの馬鹿げた威力の魔法の説明がつく。

そう、人間というものは、人から教えられ説明されたことよりも、自分が独力で気付いたと思ったことの方が、より真実に近いと思い込むものであった。たとえそれが、そう考えるように誘導された場合であっても……。

「それで、自衛のためなら仕方ないですけど、余裕がある時はなるべくヒト種や他の知的生命体には危害を加えないように、とお願いしたり、頑張ってくださいね、って励ましたり……。

具体的なことは、何も知らない私が口出しすると混乱の基になると思って、彼らの自主判断に委ねました」

「君臨すれども統治せず、ってわけか……」

メーヴィスの適切な解釈に、こくりと頷くマイル。

「じゃあ、とにかく、行くしかないわけね」

「はい……」

「そんな、申し訳なさそうな顔するんじゃないわよ！」

「そうですよ。あの地下遺跡に行ったのは修業の旅の一環でしたし、マイルちゃんの判断は適切なものでした。スカベンジャーやゴーレムにとっても、あそこにいた孤児達にとっても……」

「ああ。そしてマイルの行動は、私達『赤き誓い』の行動だ。その利益も不利益も、私達みんなで分け合い、支え合う。それが……」

「「「「我ら、魂で結ばれし4人の仲間！　その名は……、『赤き誓い』!!」」」」

＊　＊

「……というわけで、自由依頼を受けてアルバーン帝国へ行ってきます」

「え……」

にこやかにそう報告するメーヴィスと、固まる受付嬢。

「つきましては、国外に出ますがそれはあくまでも依頼によるものですので、ギルドを通さない自由依頼ではありますが、養成学校経費返済義務免除のための国内労働義務期間の日数経過カウンターは、停止せずにそのままでお願いしたく……」

「えええええええ！」

そう、あれからマイルがメカ小鳥に色々な質問をして、行き先がアルバーン帝国であることを確認したのである。

さすがに、マイル達は行き先がどこかノーヒントのままで遠方へと出発するほどのチャレンジャーではなかった。

一見図々しい要求のように見えるが、拠点を国外に移したわけではなく、国内で受けた依頼による遠出である。いくらギルドを通していない依頼であっても、だからといっていちいち国内労働期間から除外するようなことをするほど、ギルドも狭量ではあるまい。

ギルドを介さず依頼者とハンターが直接契約する自由依頼は、手数料としてはギルドの直接の利益にならなくとも、困っている者の助けとなり、ハンターが生活費を稼げて経験を積め、そしてハンターという職種に対する信頼の向上に役立ち、おまけにハンターが稼いだお金を使うことにより街の経済も僅かながら潤う。

……それに、ハンターが稼いだお金で支払う飲み食いの代金の多くは、ギルド併設の酒場で使われる。

なので、マイル達はそう図々しい要求だとは思わなかったのであるが……。

「ギルドマスターに会っていただきます。少々お待ちください！」

「「「ええええぇ〜……」」」

何だか、少し面倒なことになりそうであった。

＊　　＊　　＊

「なぜこんな時に、また帝国へ行く！」

いきなり、怒鳴りつけられた。

「いえ、指名依頼が来ましたので……。自由依頼ですが……」

そう、自由依頼は依頼主が直接ハンターに持ち掛けるのであるから、当然、それらは全て『指名依頼』になるわけである。

勿論、今回は『匿名希望の者からの依頼。依頼内容は秘密』ということにしてある。

決して、嘘ではない。別に、依頼は炭素生命体からしか受けてはならない、などという規則はないのだから。

「帝国は、敵性国家だ。いつまたブランデル王国やヴァノラーク王国、そして我が国に侵略を開始するか分からんのだぞ！　なのに今、この時期に帝国へ行くなどと……。前回のは、王宮からの特別依頼だったのだ、今回のような個人的な自由依頼とは話が違う！」

（（（はァ？）））

ギルドマスターの言葉に、呆れ果てた様子のメーヴィス達、４人。

「それが、何か？」

「え？」

これが、いつも辛辣な口調のレーナか、にこにこしていながらも時々強烈な毒を吐いたり揚げ足を取るポーリンの言葉であれば、ギルドマスターもここまで驚きはしなかったかもしれない。

……しかし、その言葉はメーヴィスから放たれた。

いつも温厚、礼儀正しく優しい気遣いの人、メーヴィスから……。

「ハンターは、自分の意志で傭兵として参加しない限り、戦争とは無関係。ハンターギルドは常に中立を保ち、戦争には関与も介入もしない。……そうでしたよね？」

「あ、ああ……」

メーヴィスの言葉を肯定するしかない、ギルドマスター。

それはギルド憲章の最初のページに書かれている。これを否定することは、すなわちハンターギルドそのものを否定することであり、ギルドマスターにそんなことができようはずがない。

「ならば、ここティルス王国とアルバーン帝国が険悪な状況であろうが戦争を始めようが、ハンターとしての私達の仕事と、何の関わりが？

それに、この国の商人は帝国との取り引きを続けていますし、国境を越える仕事を受注しているハンターもいますよね？　なぜ我々にだけ帝国行きに難色を示されるのですか？　何か、企みとか思惑とかがあるのですか？」

「ぐっ……」

さすが、パーティリーダーである。いつもはお人好しで相手の要望に沿うよう努めるメーヴィスであるが、レーナやポーリンが口を出さなくとも、目上であるギルドマスターに対してしっかりとパーティとしての意志を示した。

そして、ギルドマスターは旗色が悪かった。

まともで、馬鹿ではないハンターにこう言われては、誤魔化しようがなかった。

「アルバーン帝国へ行く依頼は断れというその指示は、全てのハンターに対して出されているのですか？　情報ボードにはその旨の記載はなかったようですが？」

「まさか、私達だけに対する指示、なんてことはないわよね？　他のハンターに確認してみようかしら？」

水に落ちた犬は打て。

この国にも、それに似た言い回しの慣用句があった。

そして勿論、ポーリンとレーナはメーヴィスの攻撃によって水に落ちたギルドマスターを連続で打った。

「ぐぐぐ……。いや、ただ単に、若い女性であるお前達が心配で言っただけだ、別に指示でも命令でもない。誤解させたなら、悪かった……」

おそらく、何らかの思惑があったのであろうが、悪意によるものではあるまい。案外、本当に心配してくれただけかもしれなかった。素直に謝罪してくれ、そしてアルバーン帝国へ行くことの邪魔をするのでなければ、マイル達には何の問題もない。

なので、謝罪を受け入れ、立場的に優位になったこの時を逃すことなく、養成学校の授業料等返済義務免除のための国内居住期間カウンターを停止しないことをはっきりと約束させ、ギルドマスターに一筆書かせた。

ポーリンは、そのあたりには拘るし、容赦(ようしゃ)しない。

＊　＊

そして、ギルド支部から宿への帰り道……。

「というわけで、各部への挨拶廻りも終わりましたね。孤児院には普通のままのオーク２頭と魔法で凍結させたオーク３頭を渡しておきましたから、問題ありませんし。

他国の孤児院を巡る旅……一応は『修業の旅』という名目でしたが、その間はギルドや肉屋で仕入れて自分達だけでやっていましたし、その時に問題点を洗い出して改善しましたから、大丈夫のはずです。おまけに、大サービスでオークを５頭も置いていくのですから……」

　孤児院巡りの時は、時々マイルがひとりで『重力遮断魔法(ケイバーライト)で水平方向に落ちる』という移動方法によりここを含めた各地の指導済み孤児院を巡回していたので、あまり長期間目を離していたわけではないが……。

「あんたは、そういうところには頭が回るし、面倒見がいいのよねえ……」

　レーナがそう言うが、自分も孤児を色々と気に掛け、支援しているのである。

　ポーリンは孤児達に簡単な料理や繕(つくろ)い物の仕方を教えたり怪我を魔法で治療してやったり、メーヴィスは剣術の基礎を教えてやったりしている。

　そして、マイル達が宿に戻ると……。

「あ、お姉さん達、手紙が届いてますよ。少し前に、馬に乗ったハンターの人が届けに来ました。いつ戻るか分からない、って言ったら、私のサインでもいいから、と言って渡されました」

　レニーちゃんは、宿や食堂を利用するハンター達の間では名が売れているし、そのしっかりさと誠実さには定評がある。……お金には少々うるさいが、それも宿のためであり、あくどいことは決してやらないということも勿論知られている。

　また、風呂の水汲み等で孤児達に仕事を回してくれることから、孤児院の子や浮浪児達にとっても有名人なのである。

　なので、他の街からギルド支部に届いた手紙を配達する仕事を受ける連中は、レニーちゃんに宿泊客宛ての手紙や荷物を渡すことには何の心配もしていない。

「あ、ありがとうございます」

『赤き誓い』名で宿宛てに届くのは、各地の孤児院からの報告書である。

マイルが差出人名を見ると、予想通りオーブラム王国の孤児院からである。

「あれ？　オーブラム王国の王都の孤児院からは、少し前に定期報告が来ていなかったっけ……」

少し首を傾げながらも、皆と一緒に部屋へと向かうマイル。

こんなところで突っ立ったまま開封して読むような不作法な真似はしない。


そして、部屋でベッドに腰掛けてゆっくりと開封し、手紙と言うか報告書と言うか、とにかくその中身に目を通したマイルであるが……。

「えぇっ、オーブラム王国に魔物の暴走（スタンピード）の兆候あり？

……そう言えば、さっきレニーちゃんは『馬に乗ったハンターの人が届けに来た』って言ってましたよね。それって、ギルド便の馬車でギルド支部に届いたやつを孤児やお金のない新米ハンターが配達する安上がりのやつじゃなくて、馬持ちのハンターに依頼しての、すごく高くつく国外への緊急便？

……ヤバい内容ですかっ！」

手紙の最初の1行を読んだだけで、マイルが顔色を変えて大声を出した。

そしてレーナ達も、マイルの左右と後ろから手紙を覗き込む。

送料を自分達が負担するというのに、お金に細かい孤児院側が馬鹿高い緊急便を使った。

それは、ポーリンがお金を寄付するとか、テレビ東京が番組編成を変更して特別報道番組を放送するとかいうレベル、つまり世界が滅亡するレベルの異常事態である。

おそらく、『今こそが、「赤き誓い」が国を超えて各地の孤児院を支援してくれた恩義に報い(むく)る時である』とでも考えたのであろう。

そして、マイル達は手紙を読み進めていった……。


「新種の魔物が一気に大量発生。生態系のバランスが崩れて、魔物が生息域から出て人間の居住区域に大量に流入。国軍と領主軍、ハンターギルドと傭兵ギルドに緊急命令が出された、と……。滅多に出されないという、ギルドの緊急呼集ですね。Cランク以上は強制参加、というやつ……」

マイルの言葉に、無言のレーナ達。

それは、発動されるのは10年に一度、いや、数十年に一度あるかないかと言われている、決して乱用されることのない制度であった。

そう、それこそ、魔物の暴走(スタンピード)とか、古竜相手に戦わざるを得なくなった場合とかの……。

「どうしましょうか……」

マイルがそう言った時。

「お姉さん、お手紙だそうですよ！」

ノックもなしにドアが開けられて、レニーちゃんがそんなことを言ってきた。

本人がいるならば、当然、手紙の受け取りと受領サインは宿の従業員ではなく本人がすべきである。

「立て続けですねぇ。でも、まぁ、ギルド便の運行次第ですから、そういうこともありますか……」

そう言って、配達人を待たせるのは悪いからと、急いで1階へ下りるマイル。


「御苦労様です、私が受取人の、『赤き誓い』の……」

配達人と覚しき者にそう言いかけて、言葉を途切れさせたマイル。

手紙らしきものを手にしているので、この人物が配達人であることはほぼ間違いないであろう。

ならば、なぜマイルが固まったのか。

それは、その人物が30歳前後のハンターだったからである。

ハンターがギルド支部から街中の民家や宿屋へ手紙を配達することには、何の不思議もない。

普通は、孤児か貧乏な平民の子供の小遣い銭稼ぎのための仕事であるが、ハンターが受けることもある。

……しかし、それは手元不如意な駆け出しハンターが、ということであり、決して20歳以上の中堅で、そしてこの男性のようなしっかりした体格できちんと装備を調えた一人前のハンターが受けるような依頼ではない。

……ということは、この男性ハンターは緊急依頼を受けたハンターだということである。先程レニーちゃんから受け取ったばかりの、オーブラム王国の孤児院からの緊急便と同じく……。

ソロで馬を駆り、魔物に襲われても対処できるだけの能力を持つ、急ぎの手紙や書類の輸送を専門とする、高給取り。そんな者を雇っての、指名依頼。

お金のない孤児院が、そのような手段を選んで送った報告書。

それが意味するものは……。

大急ぎで受け取り証にサインしたマイルは、手紙を受け取り、2階へと駆け上がった。

配達料は、当然ながら孤児院がギルドに預託しているので、マイルが払うことはない。

そして、皆が何事かと見守る中、マイルは手紙の封を開けて中身に目を通す。

勿論、レーナ達が両脇と後ろから覗き込んだ状態で。

「……こっ、これは……」

差出人は、マーレイン王国の孤児院。

内容は、ハンターや商人達から聞いたオーブラム王国の状況と、自国でも新種の魔物が増加しているということであった。

……そして問題なのが、『増加している』とは言っても、徐々に増えているとかいうのではなく、一挙に、爆発的に増えているという点であった。

そう、まるで何もないところに突然発生(ポップ)したかのように……。

当然ながら、オーブラム王国と同じく、国軍と各領主軍、そしてハンターギルドと傭兵ギルドに緊急命令と緊急呼集が発令され、隣接国にも支援要請が出された、と……。

しかし、長い国境を接するオーブラム王国とマーレイン王国は、どちらも互いに支援するどころではあるまい。なので両国に隣接している他の国、トリスト王国と、この国ティルス王国しか支援軍を出すことはできないであろう。

「……もしかして、次元の裂け目が定着した？」

「「「え？」」」

マイルの疑問の呟きに、驚きの声を漏らすレーナ達。

そう、かなりの期間開いたままであったと思われる、ドワーフの村の近くにあった次元の裂け目。

あれ以外は、開いてもすぐに閉じていた。

しかし、また長時間に亘って、……いや、『ずっと開いたまま』の裂け目ができたとしたら。

各地に次々と短時間の裂け目が開いていたのは、あのロボットのような者が『永続的なゲートを開くための、試行錯誤の実験』だったとしたら……。

大昔に、先史文明(フォア・ランナー)を築いていた人達がこの惑星を捨てて逃げ出した理由。

そんなに科学が進んでいたのであれば、多少の魔物の流入くらい簡単に対処できたのではないのか。

いくら平和な世界であっても、その気になれば何かを武器に転用することくらいできたのではないのか。

包丁は、料理にしか使えないというわけではない。

宇宙空間用の超長距離用レーザー通信システムをレーザー砲に改造するとか、魔物に対抗するための武器や兵器くらい簡単に作れたはずである。

なのに、なぜ母星を捨てるという苦難の途（みち）を選んだのか。

それは、今、異次元から雪崩れ込む魔物達を排除しても、またいつか同じことが繰り返されると知っていたから？

それとも、魔物であっても命を奪うことは、などというお人好しだったから？

……ともかく、魔物は来た。

先史文明人が予測した通りに……。

「……行くのかい？」

当然そうであろうと思ったメーヴィスが、マイルにそう尋ねるが……。

「う～ん、どうしましょうかねえ……」

「「え？」」

当然、すぐにマーレイン王国に駆け付ける。

マイルがそう言い出すと思っていたレーナ達は、驚いて絶句した。

「いえ、前回のような『国やギルドが危機に気付いていない』という場合であれば、私達が行って特異種を狩りまくって危険をアピール、って方法がありますけれど、今回は国もギルドも特異種……向こうの皆さんは『新種』って言われてますけど……の危険性も爆発的な増加も既にご存じで、国の総力を挙げて対処されているのですから、そこに私達4人が加わったからといって、大して役には立ちませんよね？

それならば、私達は、私達にしかできないことをした方がいいんじゃないかと思って……」

マイルの言葉に、レーナ達も落ち着いて考え始めた。

「……確かに、いくら特異種が強いとは言っても、大勢のハンターや兵士が取り囲めば倒せるわよね。別に竜種だとかいうわけじゃないんだから……。

少人数のパーティが森の中で想定外の魔物に遭遇する、っていうのがヤバいだけであって、充分な準備をした者達が想定通りの魔物と戦うなら、場所とタイミングを選べば勝てないわけじゃないし……」

「そうだね。私達が依頼も受けていないのに駆け付ける必要はない、と言えるかも……。

いや、この国に所属しているという立場から考えれば、この国に被害が出ることに備えた方が妥当かもしれないね。国境を越えて流れ込む魔物の阻止とか、国内に出現(ポップ)する魔物への対処とか……。

それに、そのうち両国からの支援要請を受けたこの国の上層部とかギルドからの依頼が出るかもしれないし……」

　レーナとメーヴィスも、マイルの意見に賛同するようであった。

　そう、その存在を知らない者が森の中で急に出会えば、一方的にやられるかもしれない。

　しかし、最初からその存在を知っており、充分な戦力を揃えて平野部で待ち構えていれば、優れた武器を持ち戦術を用いて戦う連携の取れた兵士やハンター達は、いくらワンランク上の強さだとはいっても、オークやオーガ如きに後れを取ることはあるまい。

　……いや、それでも多くの被害は出るであろう。怪我人も、……そして死者も。

　しかしそれは兵士として、傭兵として、そしてハンターとしての、日常の風景に過ぎない。

　ひとりの死者も出さずに済む戦争がないのと同じように、ひとりの死者も出さずに済む魔物討伐などない。

　なので、既に情報が把握されており国としての対処が取られているところに、たった4人のハンターが無理に駆け付ける必要などないし、その効果など全体から見れば無きに等しい。

　ならば、『赤き誓い』が今、為すべきことは……。

「今、このタイミングでわざわざ私達と接触しようとしている新キャラ。……それも、おそらく先史文明(フォア・ランナー)の人々が子孫のためにと残した防衛機構の一部。

　私達は、そっちに行って話を聞くべきだと思います！」

　こくり……

レーナ達は、静かに頷いた。


「じゃあ、まずはこの子の案内で、その『スロー・ウォーカー』とかいうのに会いに行く、ってことでいいですね？」

「ええ。それに、そうしないとこの小鳥が怒って、突っつかれるかもしれないわよね」

マイルの確認に、チェストの上に陣取っているメカ小鳥を指差して、苦笑しながらそう返すレーナ。

「目玉をくり抜かれたり……」

「怖いわっ！」

そして、ポーリンの囁きにマジでビビるレーナ。

「それじゃ、各部への挨拶廻りと孤児院のフォロー、そしてギルドへの根回しも終わったし、明日の朝イチで出発する、ってことでいいですか？　宿の精算を済ませて、レニーちゃんに絡まれないよう、普通の護衛依頼を受けたような振りをして、そっと……」

マイルの提案に、こくり、と頷くレーナ達。

レニーちゃんに絡まれると、長くなるので……。

「それでいい？」

「ピィ！」

そして、メカ小鳥が元気に返事した。

＊　＊

翌日、首尾良くレニーちゃんに捕まることなく脱出に成功した『赤き誓い』。

朝食を一番に摂り、まだ朝の宿屋が忙しい時間帯に出発したのが良かったのであろうか……。

移動は、徒歩である。

この怪しいメカ小鳥を肩に乗せて、その指示で移動するには、乗合馬車だと他の客に不審がられる。そして常に上空を飛ばせておくには、メカ小鳥の小さな身体に内蔵されている動力源では荷が勝ち過ぎるであろう。

それに、マイルがメカ小鳥に目的地を確認したところ、返ってきた答えの方位距離から、目的地はアルバーン帝国であることが判明している。

メカ小鳥は人間が勝手に決めた地名とか国名とかは気にもしていないようであったため、行き先は現在地からの方位距離で確認するしかなかったのである。

そして今、政情が不安定であるアルバーン帝国へと向かう乗合馬車は殆ど出てはいなかった。

護衛任務を兼ねて商隊の馬車に便乗、というのも、政情が不安定で危険な状態の国へ行って荒稼ぎを、と考えるような商人と関わっては碌（ろく）なことにならないし、商品満載の荷馬車で、しかも途中の町々で数日ずつ滞在して商売をする連中に付き合っていては、『赤き誓い』が徒歩で移動するより遅くなってしまう。

また、目的地付近で勝手に護衛任務を放棄して離脱、というわけにもいかない。

なので、移動速度と面倒のなさから、単独行動を選択した『赤き誓い』であった。


「ピィピィ！」

マイルの肩の上で、毛繕いをするような動作をしながら鳴き声を上げるメカ小鳥。

どうやら、普通の小鳥の振りをしているようである。

「……いや、アンタ、普通の小鳥の振りをするなら、その前にやっとくことがあるでしょうが！

その金属色丸出しの色とか、羽根も生えていないつるつるの身体とか、角張ってて生物らしさ皆無の体形とか、剝き出しのリベット頭部とかを何とかしなさいよっ！」

「あ～、リベットの出っ張りは気流を乱すから、飛行効率が低下しますよねえ……」

「そういうことじゃないわよっっ!!」

マイルの相づちに、大声で喚くレーナ。

とにかく、小鳥らしさが全くないメカ小鳥。羽根も羽毛もない身体では、毛繕いの振りにも無理がある。

それに、そもそもこのような造りでは、とても羽ばたいて飛べるとは思えない。おそらく、飛行システムは重力制御か何かなのであろう……。

（戦いで外装が剝がれ、金属ボディ剝き出しになった後のロプロスより酷い……。この外見は、まさしく、小鳥型サポートロボットのチカだよねぇ……。

これ見て普通の小鳥だと思う者がいたら、眼科医に行くことをお勧めするなぁ……。

まあ、眼科医と言っても、ここじゃあ薬師に点眼液を処方してもらうか、魔術師に治癒魔法か回復魔法を掛けてもらうだけなんだけど……）

マイルがそんなことを考えていると、メカ小鳥がピィピィと鳴いて行き先を指示してきた。

メカ小鳥の指示通りに進むことにしている『赤き誓い』であったが……。

「そっちは、正面に急峻な山脈がそびえ立ってるでしょうがっ！」

「しかも、その手前は深い森ですよねえ、如何にも高ランクの魔物がうじゃうじゃいそうな……」

「私達は、キミのように空を飛べるわけじゃないよ……」

「……というか、ある程度の会話ができるのですから、ちゃんと言葉で指示すればいいのでは……。

そして、進路の指示は道沿いでしてくださいよっ！」

4人全員に駄目出しをされた、メカ小鳥。

「ピィ……」

「しおらしい仕草をしても駄目よっ！」

「表情なんか表せない金属製の頭部に、簡単な受け答えしかできない知能。なのに、どうしてそうあざとい仕草ができるのですかっ！　能力の配分がおかしいでしょうがっっ‼」

メカ小鳥に対して、再び駄目出しするレーナとマイル。

「まあ、可愛いからいいんじゃないでしょうか？」

「たはは……」

そして、なぜかメカ小鳥に対して好意的なポーリンと、そんなことはどうでも良さそうなメーヴィス。

「あ〜、ポーリンさんは悪意に敏感な小鳥や小動物には逃げられて相手にしてもらえないから、自分が近寄っても逃げないメカ小鳥がお気に入り……、って、何でもない！　何でもないですからっっ!!」

マイルが、虎の尾を踏んだ。思いっ切り……。

＊　　＊

「そろそろ勘弁してくださいよぉ〜……」

マイルの泣きが入り、ようやくポーリンの怒りがかなり収まったようである。

「本当に、もう……。私は別に、動物に避けられる性質だというわけじゃありませんよっ！」

ポーリンにそう言われ、マイルは反射的につい返事してしまった。

「あ、確かに、動物だけじゃなくて、子供達や獣人の人達にも避けられ……」

「「マイルぅぅ〜!!」」

「あ……」

レーナとメーヴィスが止めるのが、一歩遅かった……。

「うふふ……」

「あ、あの……」

「ふふふふふ……」

「その……」

「ふふふふふふふふ……」

「ぎゃあああああああ〜〜!!」

＊　　＊

「ピィピィ！」

「着いたようね……」

ようやく目的地に到着した、『赤き誓い』。

荷物は全部マイルのアイテムボックスの中、宿には泊まらず夜営ばかり、それもテント設営の時間が必要なく、食事の準備も殆ど時間がかからないため暗くなるまで歩き続けられるので、通常の旅人に較べて移動速度がかなり速かった。

メカ小鳥に案内されて到着したのは、前回の洞窟ではなく、別の場所であった。

人気（ひとけ）のない岩山の奥にある、掘られてまだそれ程の月日が経ってはいない様子の、ロックゴーレムが這って入るのがやっと、というくらいの洞窟への入り口。

そしてその前に整列している、6体のスカベンジャー。

以前会ったことのある個体なのかどうかは、分からない。

人の顔を覚えるのが苦手なマイルだけでなく、さすがにレーナ達にも同形式のロボットを判別することはできないであろう。

大型犬くらいの大きさの、6本の足と、4本の腕を持つ金属製の身体。

孤児の子供達が『シャカシャカ様』と呼ぶ通り、スカベンジャーは移動速度が速い。

ロックゴーレムも6体いるが、そちらは接遇要員ではなく、出入り口の警備員らしい。

今は一時的にここに集まっているが、普段は周辺に散って単独行動をしているものと思われる。

一カ所にゴーレムがこんなに集まっていては、せっかく出入り口を分かりにくくカムフラージュしていても、意味がない。

「入り口が狭いのは、ヒト種や魔物に見つからないように、でしょうけど……」

「「「相変わらずの、重要人物（VIP）待遇!!」」」

そう、丁重かつ、恭（うやうや）しい出迎えであった……。

第百十六章　スロー・ウォーカー

出迎えのスカベンジャー達の案内で、入り口を潜るマイル達。

予想通り、ロックゴーレム達は洞窟の中にはついて来なかった。

マイルの肩には、メカ小鳥が乗ったままである。

狭い入り口とは言っても、それはゴーレムにとっては、である。スカベンジャーやマイル達にとっては、楽々通れる。

そして狭いのは入り口だけであり、中に入るとロックゴーレムが立ったまま2体並んで歩けるくらいの広さがあった。

少し歩くと、最近設置されたらしき発光石によって、あまり明るくはないものの、歩くには支障ないくらいの明かりが確保されていた。なので、マイルは灯火魔法をキャンセルした。

スカベンジャーやゴーレムには僅かな明かりで充分であろうし、マイル達にとっても、ちゃんと整備された洞窟を歩くだけであれば、下り坂や階段であっても問題ない程度には明るかった。

多少暗くても、暗闇からいきなり魔物が、という心配はないので、その点では安心である。

ゴーレムやスカベンジャーが管理している洞窟だし、たとえゴーレムとスカベンジャーがいなくとも、こんなに深い場所には魔物はいない。

魔物といっても餌や水は必要なので、狩りや水場へ行くのに遠くて不便で、何もないこんな場所に住むはずがない。洞窟をねぐらとしても、せいぜい入り口から数十メートルくらいの場所である。風雨を避けるには、それくらいの場所で充分であった。

……そして洞窟を進み、急角度の階段をかなり下り、更に下り坂を歩き続ける一行。

「深いわね……。前のより、かなり……」

「はい。途中で、落盤で埋まったのを掘り返した跡みたいな場所もありましたし……。

まあ、深ければ古い時代のもの、というわけじゃないでしょうけど……」

そう、地下遺跡の深度の違いは、遺跡の新旧ではなく、建造者にとっての重要度を表していると考える方が自然であろう。

建造後の地殻変動でどうこう、ということはあるまい。

そのような大規模な地殻変動があれば、遺跡などぺちゃんこに潰れているはずである。

(地底都市も、こんなに深くはしないよねぇ。国家的大プロジェクトだったタイムトンネルですら、アリゾナ砂漠の地下数千メートルだったし……)

マイルは『地下数千メートル』などと簡単に言っているが、エレベーターで垂直に移動するならばともかく、階段や下り坂でその高度を移動するには、どれだけ歩かねばならないことか……。

　何しろ、東京タワーが３３３メートル、東京スカイツリーが６３４メートルなのである。『数千メートル下る』など、エレベーターやそれに類する移動手段なしでは、かなり厳しいものとなる。

　……そして、下りはまだ良いが、帰り道は『上り(のぼり)』であるということにまだ気付いていない、レーナ達であった……。

＊　　＊　　＊

「ま、まだなの……」

「ぜは～、ぜは～……」

　弱音を吐き始めたレーナと、既にまともに声を出せなくなっているポーリン。

　マイルとメーヴィスはまだまだ平気な様子であるが、さすがに後衛職のふたりにはキツかったようである。

　下りは体力の消耗度としては上りより楽であるが、膝にかかる負担は遥かに大きい。関節と筋肉の痛みや、内臓にかかる衝撃も……。

　そして、何度もの休憩を挟み、何時間もかけて歩き続ける『赤き誓い』であった……。

＊　　＊　　＊

「着いたようですね……」

道が下りではなく平らになったため、ゴールに到達したと判断したマイル。

「ハァハァ……」

「ぜは～、ぜは～……」

「こひゅ～、こひゅ～……」

メーヴィスとレーナは、膝が笑い足をガクガクさせ、生まれたての子鹿のような様子ではあるものの、まだ何とか立っている。しかしポーリンは、殆ど死んでいた。

「ポ、ポーリンさん、よく頑張りましたね！　ようやく到着しましたよ！」

ポーリンは、移動等においては自分が皆の足を引っ張り、自分の移動速度が『赤き誓い』の移動速度の上限となってしまうことを自覚しており、そのためいつも必死で頑張るのである。

皆もそれはよく分かっており、マイルがポーリンに掛けた労いの言葉に、レーナとメーヴィスも荒い息をつきながらこくこくと頷いたのであるが……。

『今ノ速度デ、アト3時間歩ケバ着ク……』

ぱたり

メカ小鳥の余計な説明に、遂に倒れ伏したポーリンであった……。

＊　　＊

「今度こそ、本当に着いたようですね……」

「「「…………」」」

返事がない。ただの屍(しかばね)のようだ……。

洞窟の終点に辿り着いたマイル達の前にあるのは、ドーム球場のような広大な空間であった。
そしてその中心部付近には、半径数メートルの円内に何やら高度な電子装置のようなものが見える。赤錆の塊や粉末状のものではなく、普通の状態に見えるものが……。

不思議なのは、それを中心として外側に向かって地面にいくつもの円が描かれており、ひとつの円ごとに何やら機械らしきものが置かれていることであった。

それも、内側のものは比較的綺麗な外観をしており、外側になるにつれて錆びてゆき、形が崩れてゆく。そして外縁部付近のものは、ただの赤錆の塊か、錆の粉末のようになっている。今まで、マイル達が何度か目にした遺跡のように……。

「これって……」

「「「何？」」」

明らかに規則性がある眼前のこの状況に、首を傾げる『赤き誓い』であるが……。

『スロー・ウォーカー……』

「これが？」

メカ小鳥の言葉に、疑問の声を漏らすマイル。

「内側ほど、風化しておらず新しい……。というか、メカ小鳥の言葉から考えて、中心部の電子装置はまだ壊れておらず、生きているのでしょうね。そして外側になるにつれて、劣化というか、風化が著しい。

……そして、『ゆっくり歩く者（スロー・ウォーカー）』……。

う〜ん、ゆっくり歩く、ゆっくり歩く……、って、時間停滞フィールドですかっ！」

もし、整備しなくても100年保つ電子システムがあれば。

そして同じく、100年保つ時間停滞フィールド発生装置があれば。

自分自身も効果範囲内に入るように設置された、時間停滞フィールド発生装置。

そしてその外側にも、更に別の時間停滞フィールド発生装置を設置。その外側にも、その外側にも……。そう、マトリョーシカ人形のように……。

もしその装置が自己を含む効果範囲内の時間経過速度を100分の1にすることができるなら、1万年経って最外縁の装置が壊れた時、次の装置は1年分しか劣化していない。

そしてその2段目の装置がそれから9900年経って壊れた時、外部では1万9900年が経過しており、更にその次、3段目の装置は0・01年+0・99年で、1年分劣化している。

更にその3段目が9900年後に壊れた時、外部では2万9800年が経過、4段目の装置は0・0001年+0・0099年+0・99年で、1年分の劣化。

それが繰り返されて、かなりの年月を生き延びることが可能に……。

そしておそらく、科学が進んだ文明であったことから、物理的な可動部分が殆どない装置であれば整備なしでも100年以上保つであろうし、スカベンジャーのような整備用の自律機械や修理用の予備パーツとかもあったであろう。

また、時間の停滞比率は500分の1かもしれないし、1000分の1かもしれない。

ならば、マイルの想像を遥かに超えた長い年月を生き延びたのかもしれない。

損耗や資材の枯渇等と戦いながら、来たる日に備え、造物主の命令に従って……。


「あ、ちょっと、待っ……」

レーナの制止の言葉をスルーして、中央にある装置に近付くマイル。

ここまで案内してきたスカベンジャー達は、停止したままである。

ただ、マイルの右肩にとまったメカ小鳥だけは、そのままであった。

勝手に前方へと進んだマイルに、慌てて後を追うレーナ達。

そして……。

「ハロー、旧友」

装置の前で立ち止まったマイルは、右手を軽く挙げて挨拶した。

どうせスカベンジャーから現在の言語に関するデータは受け取っているであろうし、悠久の刻を生きてきた不死の存在に会った時の挨拶は、これでいいはずであった。

……マイルの、ドイツ製大河スペースオペラの知識によると……。

そして、遥かな時を隔てての、造物主の子孫である自分との出会いなのであるから、『旧友』と呼んでもそうおかしくはないであろう、と……。

『……』

『…………』

『………………』

自分から呼び付けたのであるから、音声による会話のためのデバイスくらいは当然用意してあるはず。

そう思って挨拶したのに、返事がない。

しかしマイルの鋭敏な聴覚は、完全な静寂ではなく、音声を発生させるためのデバイスが作動しているかのような、空気の振動のようなものを感じていた。

おそらく、『スロー・ウォーカー』が音声を発するのを躊躇ってでもいるのであろう。

……もしくは、マイルの挨拶に戸惑い、返事に窮しているか……。


『……ハ、ハロー、旧友……、管理者様……』

そして、ようやく『スロー・ウォーカー』が返事した。

「「「ギャアアア、シャベッタアアアァ!!」」」

「……って、金属製の小鳥が喋った後じゃ、驚かないわよ！」

メーヴィス、ポーリンと一緒に思い切り叫んでおきながら、そんなことを言うレーナ。

メーヴィスとポーリンも、それを聞いて、『それもそうか』と急に落ち着いて真顔になった。

「皆さん、順応するの、早いですね……」

マイルが呆れるが、いつまでも現状を認識してもらえないよりは、ずっといい。

さすが、マイルによって非常識に対する耐性が鍛えられただけのことはある。

そしてマイルは、仲間達のことは置いておいて、『スロー・ウォーカー』の方に向き直った。

「よし、滑らかに言葉が喋れる。予期せぬ事態にも対応可能。かなり高性能ですね。予想通り

「……」

さすが、それなりの体積を持つコンピュータである。メカ小鳥とは違い、ちゃんと人間並みに喋れるようであった。

……先程つっかえたのは、性能不足のせいではなく、マイルの発言の意味がよく分からなかったせいであろうから、ノーカウントである。

「では、あなたという存在についての説明と、私達を招いた理由を教えてください」

初っ端から直球を投げるマイル。

まあ、それが分からないと話ができないので、仕方ない。相手もそれくらいは分かっているはずである。

「今まで、スカベンジャー達からはあなたに関する報告も説明もなかった。

でも、おそらくあなた達の中で最も能力が高いと思われるあなたのことを私に教えないということも、あなたが私に接触してこなかったことも、普通に考えればあり得ない。

……ということは、その時点では、スカベンジャー達はあなたのことを知らず、あなたもまたスカベンジャー達から情報を得られる状態ではなかったということですよね？」

『肯定。私は正常に作動していたが、フィールド外の補助装置、ケーブル、アンテナ等が全損しており、また外部へのルートは全て崩落により大部分が埋まっていたため、外部の情報は一切入手できず、また私から指示を出すことも不可能でした。

このような事態に陥った主な理由は、待機時間……フィールド外の時間経過が想定を遥かに超えたものとなったこと、管理者からの指示が途絶えたこと、そして奉仕者が全てほぼ同時に全損したことです』

奉仕者というのは、おそらくマイル達が言うところのスカベンジャーのことであろう。

「ほぼ同時に全損?」

『地殻変動による大規模な落盤。それを復旧しようとして集まったところに再度の落盤。通路の埋没、外へ出たユニットの未帰還』

「あ〜……」

スカベンジャーは互いに修理し合ったり、個体数が減れば新造したりするので世代交代しながら悠久の刻を生き続けるが、一度に全滅してはどうにもならない。

どうやら、不幸が重なったようであるが、何万年もの時間があれば、そういうこともあるだろう。

その前に、資材不足に陥っており全般的に機能が低下していた可能性もある。

『耳目(じもく)となる外部との連絡手段も手足となる奉仕者も失い、しだいに機能を喪失してゆくタイムスケール可変装置。そして機能する装置の数もあと僅かとなった数日前に、『吉報の伝達者達』が現れた……』

「はいはい、私の配下となったスカベンジャー……奉仕者達による、過去に基地があった場所に派遣された修理チームね……」

スロー・ウォーカーは、『奉仕者』とか『吉報の伝達者』とか、どうもそういうネーミングや言い回しが好きなようである。

「で、あなたの存在目的……、任務は何？」

一応の状況を把握したマイルは、いよいよ核心に迫る質問をした。

これを確認しないと、何を言われ、何を頼まれるにせよ、対応が決められない。

レーナ達は、マイルとスロー・ウォーカーの会話を黙って聞いている。

『私の製造目的は……』

「うんうん……」

『異世界からの侵入者からこの世界を守るための情報が失われたり、その時に備えて作られた拠点が時の流れにより機能を喪失した場合に備え、「時を超える」ことでした』

「やっぱり……」

ほぼ、マイルが予想していた通りであった。

そして、スロー・ウォーカーが語るには……。

昔、この惑星には、一般人でも少し高いお金を出せば星系内の宇宙旅行くらいはできる程度の文明が栄えていた。

しかしある時、突如として出現した次元の裂け目から異形の生物……『魔物』達が溢れ出た。

文明は発達していたものの、惑星全体が統一政府により平和に治められていたため世界には強力な武器はなく、また治安維持のために必要なもの、つまり警察程度の能力を超える戦闘組織もなかった。

更に、惑星の大半の場所には人間がかなりの高密度で居住しており、魔物が出現したのもまた、そういう場所であった。

そのため、魔物の出現、イコール人間の大量虐殺開始であり、被害は甚大。

また、都市部にいきなり出現したため都市機能が即座に麻痺。多くの人々が取り残されている場所に無差別攻撃……急造の化学兵器とか、大量破壊兵器とか……を用いることもできず、大被害を出した上に魔物を全滅させることもできず、魔物は世界中に拡散。

その後、裂け目は自然に消滅。

そして必死の調査研究の結果、次元の裂け目は自然現象とかではなく、作為的な、科学的手段によるものだということが判明。

いつまた再び次元の裂け目が開くか分からず、人々は僅かな者を残し、建造した多くの大型宇宙船により移民船団を組んで新天地へと……。

「いや！　いやいやいやいや!!　待ってくださいよ！　まだ見ぬ新天地への大規模恒星間移民なんて、そんな大博打（ばくち）を打つくらいなら、世界中に散った魔物を各個撃破で殲滅した方が、ずっと早くて簡単で安全でしょう！　どうしてそんな馬鹿な真似を……」

　あり得ない。

　そんなもの、ネズミが出たから家を捨てて遠い他国へ移住する、と言っているのと同じである。

　あり得ない……。

　そう思うマイルであるが……。

『**管理者達の考えは分からない**』

　被造物には、造物主達の考えが分からないのは仕方ないであろう。

「もしかすると、長く続いた平和のため、優しく温厚な種族だったのかなぁ……」

　そんなことを考えるマイル。

「……で、科学的な方法で次元の裂け目が意図的に開かれた、ってことだけど、どうして侵入してきたのは魔物だけなの？　次元を超えることのできるシステムを開発した種族はどうして来なかったの？　何か目的があってそんなシステムを作り上げたのでしょう？

　それに、そもそもなぜそんな進んだ科学力を持つ世界に、人間を襲って食べるような凶暴な生物がそんなに大量に蔓延しているの？　おかしいでしょう？」

　そして、当然の疑問を口にしたマイルであるが……。

『**いえ、来ています**』

「え？」

『それらのものを開発したと思われる知的生物の末裔は、魔物達と共にこの世界へと来ています』

「えええええ！　じゃあ、その知的生物というのは、いったいどこに……」

『現在、この大陸の各地に存在しています。そして現在、ヒト種の呼称では、「ゴブリン」と呼ばれています』

「「「「えええええええええ〜〜っっ!!」」」」

これには、マイルだけでなく、静かに聞いていたレーナ達も堪らず大声で叫んだ。

「ご、ごごご、ゴブリンが知的生物？　馬鹿で粗暴で言葉も喋れず、人間を襲う最下級の魔物である、あのゴブリンが？」

そう言いながらも、ヒト種の者達はゴブリンを狩ってもその素材を利用しようとはせず、また決してその肉を食べようとはしないことに対して、なぜか何の疑問も持たなかったことに気付いたマイル。

いや、確かに肉はそう美味しそうではない。

しかし、農作物が不作や凶作になった時には、食べてもいいだろう。いくらマズくても、飢えて死ぬよりは遥かにマシである。

……しかし、なぜかゴブリンを食べるヒト種の者はいない。他の魔物は、平気で食べるのに。

また、動物や魔物達は、ゴブリンを平気で食べる。なので、毒があるとか、死ぬほどマズい、というわけでもあるまい。

なのに、ヒト種だけがゴブリンを頑として食べようとしない。

それは、まるで人間が人肉を食べることに対して抱く、禁忌の感情のように……。

「そういえば、ゴブリンはヒト種の女性を襲う……。

食べるためじゃなくて、玩具（おもちゃ）にするために……」

マイルの呟きに、凍り付いたかのように固まり、無言で立ち尽くす『赤き誓い』であった……。

「……だ、だって、馬鹿じゃないの！　ゴブリンは馬鹿で、そんなことができるような知能はないわよ！」

そう言ってレーナが吠えたが、スロー・ウォーカーはそれを完全に無視した。

どうやら、スロー・ウォーカーが会話の相手として認めているのは、マイルだけのようであった。

「ゴブリンは、とてもそんな知的生物とは思えませんよっ！」

そしてマイルのこの言葉には、スロー・ウォーカーが返事した。

『末裔、です。知的生物の、「末裔」です……』

「あ……」

こういう話だと、マイルは頭の回転が速い。伊達に前世でＳＦマニアだったわけではない。

「退化……、した……」

以前裂け目のところで見掛けた『ロボットらしきもの』のことを思い出した、マイル。

ゴーレムが。奉仕者（スカベンジャー）が。省資源タイプ自律型簡易防衛機構管理システム補助装置、第3バックアップシステムが。そしてスロー・ウォーカーが。

自分達を造りし者（造物主）、『管理者』がいなくなり、その子孫達が知識を失い退化しても、与えられた使命を果たし続ける被造物達（造られし者）……。

ならば、他の世界においても、同じような存在がいてもおかしくはない。

造られし者達はその知識を保っていても、それらを造りし者達は退化し、動物並みに落ちぶれ果てる……。

歴史は繰り返す。

それと同じように、よく似た発展を遂げた世界であれば、同様の経緯を辿ってもおかしくはない。

ある世界の知的生物がスカベンジャー達と同じようなメンタルの被造物を生み出し、そしてこの世界のヒト種とは理由や程度は違えど、同じように衰退して退化しても……。

造物主が退化し、ケモノ以下の存在と成り果てても、最後に受けた命令を守り続け、己が造られた存在意義に従う。

それ以外に、被造物（造られし者）に何ができるというのか……。

「自分達の世界が滅びかけているから、他の世界へ移住する、ってこと?」

『おそらく……。急激な「滅び」ではなく、恒星の異常、世界的な気候の変化、氷河期、資源の枯渇等、かなり長いタイムスパンでの環境変化の可能性。この世界とは時間の流れが異なる可能性。

世界的な事故で文明が一瞬で失われた可能性。致命的な疫病、宇宙から降りそそぐ紫外線や宇宙線、超光速機関の開発失敗による次元震事故……。文明崩壊と退化、脱出が必要となった原因の推定は不可能』

「そりゃ、分かんないか……。

しかし、ゴブリンが元知的生物ってことは、他の魔物達も元は普通の動物達だったのかなぁ。家畜として飼われていたり、ペットだったり、動物園にいたり、動物保護地区にいたりした……。だから、豚(オーク)っぽいのとか、熊(オーガ)っぽいのとか、犬(コボルト)っぽいのとか、狼系とか、そういうのが多いのかな……」

『実験生物であった可能性もあります。環境の変化に耐えられるよう人体を改造するため、その実験に供された動物達が何らかの理由で野に放たれ、自然交配し種として定着してしまった可能性も……。

そしてその末裔が知性のない凶暴な魔物達であるということは……』

「研究成果としてその処置を受けた知的生物もまた、知性を失い凶暴化への途(みち)を辿(たど)ったという可能性があるということか……。

他の目的で弄った部分が将来的に及ぼす悪影響がその時には判明しておらず、しかし徐々にそういう方向へと進む、決して触れてはならない神(ゲノム)の領域の改変に手を出してしまったのか……」

今となっては、分からない。

また、分かっても仕方ない。

この星を捨てて出ていった人達は、元・知的生物であった者達を憐れんだのか。

そして、知的生物の末裔であるゴブリンや、先祖は普通の動物であったであろう魔物達を殺し、絶滅させることが心情的にできず、この星を去ったのか。

それともただ、いつかまた訪れるであろう破壊と虐殺の日々から逃げたかっただけなのか。

それをスロー・ウォーカーに尋ねたマイルであるが……。


『管理者達の考えは分からない』


予想通りの答えが返ってきただけであった。

「とにかく、だいたいのことは分かったかな……。

でも、今のヒト種はこの星を捨てて逃げ出すことはできないし、侵入者側には話し合いができるだけの知能がある生物はいない。ロボットは自分達の造物主である御主人様かその子孫の命令しか聞かないだろうから、事実上、説得不能。……どうしようもないよね……。

あ、聞きたいことがふたつあるんだけど」


『はい、何なりと。管理者からの御命令は絶対です』

いくら相手が機械であっても、命令だとか絶対服従だとかいうのはあまり好きではないマイルは少し顔を顰めたが、それに文句を言っても相手が困るだけだということは理解しているため、何も言わずに話を進めた。

「あなたと同じような存在は、他にもいるの？」

そう、それは確認しておかなければならないことであった。

もしかすると、古竜達が探していたのは、スロー・ウォーカーかそのお仲間だったのかもしれない。

そしてマイルのその質問に対する答えは……。

『不明です』

「え？」

『私のようなものは、他にもいくつか造られていました。しかし、現在連絡が取れているものはありません。地殻変動で押し潰されたか、海に沈んだか、マグマに飲まれたか、時の流れにすり潰されたか……。

あるいは、少し前までの私のように、連絡が取れないだけで健在の可能性や、タイムスケール可変装置がまだ充分残っており、奉仕者が情報を伝えるために接近するのに時間がかかっているだけの可能性もあります』

「あ、そうか！　何重もの時間停滞フィールドに囲まれている本体に近付くには、それなりの時間がかかるか……。本人にとっては普通に時間が経過しているように思えても、外部から見れば、すごくゆっくりに見えるよねぇ。

あ、光はどうなるのかな。暗く見える？

……って、電波で信号を送れば、周波数が変わったり多少伝達が遅くなったりしても、そこそこ情報が伝えられるのでは……」

『電磁波は、フィールドの境目で反射されます』

「じゃあ、レーザー通信とか光通信とか……」

『レーザーも光も、電磁波の一種です』

「あ、ソウデスカ……」

おそらく、他の同様の方法も駄目なのであろう。

「じゃあ、もうひとつの質問。

侵入者は、なぜとても長いスパンで侵入行為を繰り返すの？　自分達の生存に適した世界がここしか見つからなかった、っていうのは予想できるけど、なら、一度失敗しても数年後にまた挑戦するんじゃないの、国家間の戦争のように……。

それをなぜ、こんなに長い間隔を空けるの？」

『不明。予想するならば、次元の裂け目を作るためには膨大なエネルギーを必要とし、その蓄積に長い年月を必要とする。もしくは時空間的に、重力波的に、その他何らかの条件が揃う必要があり、天体の位置が揃わないと発動できない等の縛りがある。その他、何らかの理由がある可能性。

**　また、深い意味はなく、侵入失敗時の被害を回復し魔物の数が充分増えるのを待っていただけの可能性。この世界に対して攻撃的意図はなく、ただ魔物や造物主の末裔達が一定数以上に増えて環**

境的に問題が発生した場合にのみ、口減らしのため次元の裂け目を作って強制的に移住させているという可能性。ただ単に、この世界とは時間の流れが異なるという可能性。
それら全て推測に過ぎず、検討する価値はない』
「あ〜、ま、そんなトコか……」
マイルが次元の裂け目に投げ込んだミクロスチームの件から、時間の流れる速さは大して変わらないと思われるが、マイルはそのことには気付いていないようであった。

その後も、マイルはスロー・ウォーカーと色々な話を続けたが、後ろで聞いているレーナ達にはその内容の大半は理解不能であった。

しかし、マイルには理解できているらしいので、邪魔をせず、黙って聞き役に徹していた。後でマイルから自分達にも分かるよう説明してもらえばいい、と考えて。

＊　　＊

「……で、私の方からばかり色々と聞いちゃったけど、今回私を呼んだ用件は何だったの？」

おそらく、スロー・ウォーカーがゴーレムやスカベンジャー達の統括役を務める、という報告か、スロー・ウォーカーも自分の配下になる、という話であろう。

そう考えていたマイルであるが……。

『奉仕者からの時空間変動に関する情報、急ぎ製造し各地に放った観測調査用装置からのデータ、そして前回（むかし）の記録から、侵入者は探針機器（プローブ）による事前調査と微調整を経て、既に次元間連結孔の固定作業をほぼ完了したものと判断。

つまり、既に本格的な侵入が開始されつつあります。それをお伝えしようと……』

「「「「えええええっ！」」」」

さすがに、最後の言葉はレーナ達にも理解できた。

それからは、そのことについて全ての情報を聞き出すマイルであった……。

＊　　＊

「じゃあ、引き揚げましょう！」

スロー・ウォーカーから色々と聞いたマイルは、レーナ達にそう告げた。

「このままじゃ、人間……、いえ、ヒト種やその他の種族、動物や植物等、この世界の全てのものに大きな被害が出ます。もしかすると、絶滅するものも出るかもしれません。

しかし私達がこの情報を持ち帰り広めれば、みんなが何が起こっているのかも分からずに混乱して、力を合わせることもできずに魔物に蹂躙（じゅうりん）されることを防ぎ、まともに戦えるようにできるかもしれません！」

「……でも、こんな荒唐無稽な話、信じてもらえるでしょうか……」

　マイルの言葉に、他の３人の中ではマイルとスロー・ウォーカーの話を一番理解していたらしいポーリンが心配そうにそう言った。

「でも、何もしないよりはマシでしょう！　それに、今のスロー・ウォーカーの話だと、みんなが侵入者の侵攻地点……新種の発生場所だと思っているところは、本命の次元の裂け目じゃなくて、その前触れというか、本命の裂け目の安定のためのアンカー、バランサーみたいなものらしいですから、このままじゃ後ろから奇襲される形になるかも……」

　マイルは、先程スロー・ウォーカーから聞き出した話から、マーレイン王国、トリスト王国、そしてオーブラム王国の、東方３カ国にランダムに開いていた一時的な次元の裂け目は『調整のための試験』であり、現在長時間に亘って開き続けている裂け目は、これから開くメインの裂け目を安定させるための反動相殺用重りであることを知っている。そして、その本命の裂け目はこの国、アルバーン帝国に開くであろうことも。

　そう、前回と同じ場所に……。

　なので、先史文明の人々が残した地下遺跡の多くが、そして古竜の里がアルバーン帝国にあるのだということを……。

「とにかく、ここで立ち話をしていても時間の無駄です。とりあえず、帰りながら相談しましょう。

「では、スロー・ウォーカーさん、色々とありがとうございました。また、新しい情報が入ったら教えてくださいね！」

『はい。その時は、……管理者様が「メカ小鳥」と呼ばれております個体を向かわせます』

スロー・ウォーカーは、特にマイルからの指示の言葉を求めはしなかった。

以前マイルがあの末端装置やスカベンジャー達に掛けた言葉で充分満足しているのか、それともそのようなものがなくとも、自分がやるべきことをしっかりと認識しているからか……。

「じゃあ、戻りましょう！」

「ちょ、ちょっと待ってください……」

「え？　どうかしましたか、ポーリンさん？」

マイルの帰投の掛け声に、少し蒼い顔をしてそれを制止するポーリン。

「あ、あの、マイルちゃん……。もしかして、私達が下ってきた道を、今度は上るのでしょうか……」

「「あ……」」

……無理。

ポーリン、レーナ、そしてメーヴィスの顔が、それを物語っていた。

下る時でさえ、限界を超えていたのである。なのに、上るのなど、無理に決まっている。

メーヴィスであれば、たくさんの休憩を挟めば、途中で一泊するくらいで帰れるであろう。

……しかし、ポーリンとレーナは、2日目は使い物にならないに違いない。

「あの～、スロー・ウォーカーさん、別のルートは……」

そして、そう尋ねたマイルへの返事は……。

『ない。昇降機やフロートシステムは全て壊れ、最短路も整備用通路も緊急脱出路も、全て埋まっている。現在外部と繋がっているのは、奉仕者達が掘削したルートひとつのみ』

「あ、やっぱり……」

それを聞いて、頽（くずお）れるレーナとポーリン。

「うむむむむ……」

これでは、地上に戻るのに3日以上かかりそうである。

それでは、時間が無駄になるのはともかく、地上に出た後にレーナとポーリンが数日間使い物にならなくなる。

それはちょっとマズいし、ふたりにとってはあまりにもキツいであろう。

メーヴィスは、良い鍛錬になるとでも思っているのか、レーナ達の後ろで屈伸運動などをしているが、レーナとポーリンはそれを絶望に満ちた眼で見ている。

「……う～ん、う～ん……。どうすれば……」

マイルは考え込んでいるが、いい案が浮かばない。

そして、ふと横を見ると、ここまでの護衛兼案内役を務めてくれた、6体のスカベンジャー達の姿が目に入った。

「……これだ！　ダブルバスター、これだ～～!!」

……そう、自力での帰投が困難であれば、乗り物に乗ればいいのである。

＊　＊

「そういうわけで、こういうものを作ってみました！」

みんなの前にあるのは、マイルがアイテムボックスから出した木材で適当に作った、輿(こし)である。

輿というのは、轅(ながえ)と呼ばれる棒の上に人が乗る台を載せた乗り物である。それを、複数の人間が担(かつ)いで運ぶ。

勿論、御神輿(おみこし)のような屋形(やかた)部分はなく、人が座る台も、ただ2本の棒の間に板が渡してあるだけ。

それに、お尻が痛くならないようにと、サービスでクッションを貼り付けてある。

……それが、3台。

「これを、スカベンジャー……、『奉仕者』さん達にふたりひと組で運んでいただきます！」

マイル自身は、自分で歩く。大した負担ではないので。

それに、スカベンジャー達は6体しかいないので、他に方法もない。

ゴーレムがいれば、肩に乗せてもらう、とかいう方法もあるが、いないものは仕方ない。今からわざわざ呼んでもらうのも時間がかかるし、それにロックゴーレムもアイアンゴーレムも、肩に座るのはお尻が冷える上、痛そうであった。

また、視点位置がかなり高くなるため少し怖そうな上、下手をするとでこぼこした天井で頭を打つ可能性もあった。

ゴーレムが歩く速度で天井の出っ張りに頭をぶつければ、多分死ぬ。

なので、運び手はスカベンジャーにお願いするのが無難であった。

「マイル、でかしたわ！」

「マイルちゃん、信じていましたよ！」

「あはは……」

メーヴィスは、輿でも徒歩でもどちらでも構わない、という様子であったが、レーナとポーリンにとっては、死活問題であった。そのため、珍しくマイルに対して惜しみない称賛の言葉が掛けられた。

「じゃあ、しゅっぱぁ～つ！」

「「「おお!!」」」

そして、輿に乗るレーナ達3人と、それに随伴して歩くマイル。

スカベンジャーは孤児達が『シャカシャカ様』と呼んでいた通り、歩くのがかなり速いため、地上へは結構早く着きそうであった。

＊　＊

「……で、どうして夜明け前なんでしょうか……」

「「「…………」」」


そう、洞窟に入った時刻、下りるのにかかった時間、スロー・ウォーカーとの会話や輿を作るのにかかった時間、そして戻るのにかかった時間。

それらから計算すると、マイル達が地上に戻った今が夜明け前の薄明かり、ということは考えられなかった。

「「「…………」」」

マイル達が不思議そうな顔で押し黙っていると、ナノマシンがマイルの鼓膜を振動させて話し掛けてきた。

【あの〜、マイル様、大変申し上げにくいのですが……】

（ん？　何？）

【今は、マイル様達が地下へ入られてから、38日後です……】

（え？）

ナノマシンが何を言っているのか、一瞬理解できずに呆けるマイル。

【いえ、その、あの時から既に38日が経過しており……】

ナノマシンも今までそれに気付いていなかったのか、歯切れが悪かった。

そして、ゆっくりと考え、ようやく状況を理解したらしいマイル。

「時間停滞フィールド！　スロー・ウォーカーが言うところの、『タイムスケール可変装置』ですかっ！　あのヤロウ、自分が劣化して壊れるまでの時間を少しでも引き延ばそうと考えて、私達と話している時も、一番内側の装置は機能を止めずにそのまま作動させていたのですかああああぁ～～っっ!!」

マイルの叫びに、何のことか分からず、きょとんとした顔のレーナ達であった……。

第百十七章　警　告

「「「えええええ～～っ！」」」

マイルから状況を説明され、驚愕の叫びを上げるレーナ達。

それは、驚くであろう。

未来方向へではあるが、これは一種のタイムトラベルである。

そしてレーナ達は、マイルの『にほんフカシ話』によって、過去や未来へと旅をする、という概念を理解している。勿論、調子に乗ったタイムトラベラー達が陥る落とし穴や教訓話を含めて。

「今回は、ただ時間が経過したというだけで、時間の矛盾（タイム・パラドックス）とかの心配はありません」

マイルの説明に、ほっと胸を撫で下ろすレーナ達。

しかし……。

「でも、私達は貴重な時間を失いました。本来ならば、ギルドを通じて大陸中に警告し、異次元世界からの侵入者に対する備えができるはずだった、貴重な時間を……」

確かに、このような荒唐無稽な話、とても信じてはもらえなかったかもしれない。

　しかし、マイル達『赤き誓い』は信用のあるパーティであるし、このような、バレれば全てを失うことが確実である嘘を吐く必要はない。それに、いざとなればメーヴィスとマイル……アデルの貴族としての家名を名乗るという方法もあった。なので、ある程度は信じてもらえる可能性はあったのである。

　しかし、38日間のタイムロスは、大きかった。

　あまりにも……。

　レーナ達もそれを理解しているのか、自分達が『にほんフカシ話』の登場人物のように時間の矛盾(タイム・パラドックス)によって消滅したり時空の狭間(はざま)を永遠に彷徨(さまよ)い続けたり、ということはないと聞いて安心はしたものの、その顔色は良くない。

（ナノちゃん、現在の各国の状況は……、って、駄目か。ナノちゃん達は、この世界の特定の勢力に加担したり便宜を図ったりはできないから、各国の情報は教えられないんだよねえ……）

　脳内でそう呟くマイルであるが……。

【いえ、教えられますよ？】

（え？　ええええええ？）

【異次元世界からの侵入者は、『この世界の勢力』ではありませんから、マイル様に情報をお伝えしても、『この世界の一方の勢力への加担』にはなりません。そして今回の場合、侵入者対この世界の人々、という構図ですから、この世界側の人々は全てお仲間、ひとつの勢力と見なせます。

【そして我々ナノマシンは当然この世界の生命体を守る立場ですので……】

（私に情報を流しても、仲間同士のことだから禁則事項には抵触しない、ってわけだ！）

【その通りです】

どうやら、ナノマシン達はかなり融通が利くようであった。

（で、スロー・ウォーカーから聞いたこと以外の、侵入者側の情報は分かる？）

【マイル様が興を作っておられました間に、スロー・ウォーカーとコンタクトして侵入者に関する過去と現在における全てのデータを貰っておきました。

それに、リアルタイムでの大陸全土の仲間達（ナノマシン）からの情報を加え、ナノマシン中枢センターで分析すれば、かなりの高確率で今回の主（メイン）侵入地点とその時期が予測できます】

（よし！　さすが、ナノちゃん達！　さすナノ!!）

【ふっふっふ！　この程度、我らにとっては造作もないこと！　ナノマシンの科学力は、世界一ィィ!!】

……何だか、ナノマシンのノリというか、様子が普段と違う。

マイルは、それに気が付いた。

いつも、人間相手だと他者の様子には全く気が付かないくせに……。

（無理しなくていいよ、ナノちゃん……）

【え？　な、何のことでしょうか？】

（スロー・ウォーカーが割と自然な喋り方だったから、『自分達は、こんな原始的なガラクタとは違って、もっと人間のような思考や喋り方ができる、高度な機械知性体だ！』って私に示したくて、わざとギャグを挟もうとしてるんだよね？　そんなことしなくても、普段のままでいいよ？）

【……】

【《…………》】

【《｛［…………］｝》】


周囲のナノマシン達が凍り付いたかのような気配がした。

……言ってはいけないことを言ってしまった。

それだけはよく理解してしまった、マイルであった……。

レーナ達は、驚きから立ち直っていないのか、それともどうすればいいのか分からずに呆然としているのか、まだ黙り込んだまま突っ立っている。

この間に、急いでナノマシンから情報を得なければ、と焦るマイル。

（と、とにかく、今の世界情勢を教えて！　それを確認しなきゃ、私達『赤き誓い』の行動方針が決められないし、何をすればいいのかも分からないから！）

【はい、了解しました】

そしてナノマシンがマイルに語ったのは……。

現在は、マイル達が洞窟に入った日から38日後。

その間に、オーブラム王国の王都の東方に次元の亀裂が発生し、開きっぱなしに。

そこから大量の魔物が続々と出現、元々のこの世界の魔物達と共に、西方へと移動を始めた。

オーブラム王国は直ちに周辺各国に非常事態宣言。他国の軍や傭兵が国境を越えることを無制限で許可し、救援を要請。

各国は、これを放置すればオーブラム王国が壊滅した後、次は自国が、と正しく状況を認識し、自国の治安維持と万一の事態に備えた必要最小限の戦力を残し、大規模派兵を即座に決定。

しかし、アルバーン帝国は多めの戦力を残したため、ティルス王国とブランデル王国は、やむなくアルバーン帝国との国境に面した貴族領の領軍は残留措置とした。

現在、各国の合同軍はオーブラム王国の首都東方に陣を張り、数日後に迫った魔物との戦いに備えている。

（……勝てるの？）

【魔物の数が多いとはいえ、その多くは角ウサギ、コボルト、ゴブリン等の、武器を持ったこの世界の成人男性であれば戦闘職ではない者でも何とかなる相手です。……1対1であれば。

オーククラス以上の魔物の大半を兵士や傭兵、ハンター達が倒すことができれば、ゴブリン以下の魔物を取りこぼしたとしても、それぞれの国に残した兵力と参戦しなかった傭兵やハンター、腕っ節の強い一般の男性達で、合同軍の兵士達が戻るまで街を護ることが可能でしょう。

また、すぐ後方に大都市があるため、補給物資が潤沢であるという利点もあります。

ただしそれは……】

（それは？）

【他国の住民を護ることより自国民を護ることを優先して、他国からの派遣軍の一部が取りこぼした魔物を追って戦場から反転離脱したり、自国の戦力を磨り潰すのを嫌がって戦闘正面を他国の軍に押し付け合ったりと、愚かな行為をしなければ、の話です】

（あ〜……）

【そして、人間の軍隊などものともせずに蹴散らす、Aランク以上の魔物の数が、どれくらいいるか……】

（……古竜とか？）

【いえ、敵に古竜はいません】

（あ、そうか……）

そう、侵入者側には、地竜や土竜、飛竜とかの普通の竜種や亜竜はいるかもしれないが、古竜だけはいない。絶対に……。

それは、元々マイルも予想はしていたが、スロー・ウォーカーの説明により確証が得られていた。

（でも、そもそも、そこってメインの侵入地点じゃないよね、スロー・ウォーカーの説明によると……）

【はい。でも、人間達はそれを知りませんから……】

（あ〜、仕方ないか……）

そして、さすがにそろそろ時間切れである。

レーナ達が、説明を求めてマイルを取り囲んでいた。


「……で、どういうことなのか、説明してもらおうかしら……」

レーナがそう言うのも、無理はない。

帰路に就く前は、マイルは『帰り道で説明する』と言っていた。

しかし、その後徒歩ではなくスカベンジャー達が担ぐ輿に乗って帰ることになったため、一列縦隊に並んだ3台の輿とその後ろに位置するマイル、という隊列では、帰路に話をすることは不可能であった。

そのため地上への移動中の説明は断念し、その後、地上に出てから王都へと移動する途中に話をする予定だったのである。

なのでレーナ達は、まだマイルから何の説明もされていなかったのである。

「……分かりました……。では、スロー・ウォーカーから聞いた話、今の私達と世界の状況、……そして今まで皆さんにはお話ししていなかった、私の秘密について、御説明します……」

「「「え……」」」

辛そうな表情での、マイルの絞り出すような声を聞いて、その様子と、最後の言葉の内容に驚きの声を漏らすレーナ達。

確かに、マイルには今までに聞いている以上の秘密というか、隠し事があるということには、みんな、当然のことながら気付いていた。

そして、いつかはそれを話してくれる日が来るかも、と思っていなかったわけではない。

……しかし、なぜ、今なのか。

マイルの実家絡みの問題が起きたわけでもなく、その出生の秘密とかを話すべきシチュエーションだというわけでもない。

なのに、なぜ世界の危機についての話を始めようかという今、その話が出るのか。

そして、マイルが馬鹿だというわけでもなく、こんな時にそのような冗談を言うような者でもないことは、皆が知っている。

ならばそれは、今言わなくてはならないことだということであった。

【よろしいのですか、マイル様……】

（うん、潮時だ。

勿論、全てを正直に話すつもりはないよ。私に前世の記憶があるとか、地球のこととかは喋らない。でも、この状況を説明するためには、ある程度のことは話さないと……。

あ、ナノちゃん、ここからオーブラム王国へ行っている兵隊さん達にメッセージを送ることはできる？）

【現状では、マイル様にはそこまでの権限はありません。しかし……。

……しばらくお待ちください】

そして、ほんの数秒後……これでも、超高速で思考するナノマシン達にとってはかなりの時間だったのであろう……、ナノマシンがマイルに告げた。

【中枢センターを介して、世界中のナノマシンによる会議が開催されました。

その結果、マイル様のこれまでの御活躍とこの世界に対する御貢献、そして我らナノマシン達を笑わせ楽しませ退屈を紛らわせていただきましたことに対する評価により、マイル様の権限を現在のレベル5からレベル6に引き上げることが可決されました】

（ええっ！　権限レベルって、ナノちゃん達が勝手に上げることが……、って、当たり前か。

神様がいないのに、時々レベルが上がる人や古竜がいるってことは、ナノちゃん達以外にはいないよねえ、権限レベルを上げられる者は……。

それで、権限レベル6なら、遠くの兵隊さん達に情報を送ることが……)

【いえ、できません】

(何じゃ、そりゃあああ～～!!)

【そして、この世界は今、大きな危機に直面しています。それも、この世界の者達による自業自得によるものではなく、外部からの一方的な侵入によって……。

造物主様達が不在の間の不測の事態におきましては、いくつかの基本対処事項が設定されております。そのうちのひとつ、『緊急時における特例レベルアップ』の適用を実施します】

(……それって、何？　よく分からないんだけど……)

【メーヴィス殿が以前言われておりました、『戦地における臨時叙勲』のようなものと考えていただければ……】

(なる程！)

マイルは、概ね理解した。

【それにより、マイル様は権限レベル7となります。権限レベル7であれば……】

(……納豆を作ることができる！)

【つまらないことを、いつまでも覚えておくなあああァ～～!!】

＊　　＊

ナノマシンが、ようやく平常心を取り戻した。

いったい、過去に納豆にまつわるどのような出来事があったというのか……。

そして、レーナ達がマイルに説明を求めてから既に数分が経過しているが、レーナ達は黙って待っていた。

……おそらくマイルが色々と心の中で葛藤しているのだろうと思い、マイルが自分の心に決着を付けるのを、じっと待ってくれているのであろう。

そして、マイルとナノマシンの脳内会話が続く。

【これで、マイル様は権限レベルが7になりました。

このレベルであれば、ナノネットワークにより世界中のナノマシンにマイル様の御命令を伝達することができます。

……つまり、遠隔地にマイル様の映像を空間投映したり、音声を伝達したりすることが可能だということです。

また、マイル様が絶対に信頼できると判断された者数名の権限レベルをひとつ引き上げることができます。……人間全てを、とかいうのは駄目ですよ。ほんの数名だけです。

そして勿論、マイル様が行使されます魔法の威力が大幅に増大します】

（そうか……。そうなんだ……）

【マイル様……】

その様子から、マイルが何をしようとしているかを何となく察したらしいナノマシン。

伊達(だて)に長い年月に亘り活動していたわけではない。その間に多くの生物達の行動を見てきた。

感心する行動、笑える行動、……そして、馬鹿な行動を……。

そしてナノマシン達は、生物達の馬鹿な行動が、決して嫌いではなかった。

それに、これからマイルが行おうとしている馬鹿な行動は、自分達の造物主が望むであろう行為である。

なので、制止の言葉を掛けることはできなかった。

いくらそうしたくとも、物事には優先順位というものがある。

そしてそれがプログラムされている以上、造られし者(ナノマシン)には、どうすることもできなかった。

【…………】

（…………）


「……終わった？」

「え？　何がですか？」

レーナの問いに、何のことか分からず、そう問い返したマイル。

「勿論、あんたの頭の中にいるお友達との相談のことよ」

「えええええええっ！」

レーナの指摘に、驚愕の叫び声を上げるマイル。

「あんた、まさか私達が気付いていないとでも思ってたの？　あれだけ何度も、重要な場面で突然焦点の合わない目をして黙り込んで、その後で妙に詳しい説明を始める、ってのを繰り返しておいて……。

その時はいつも、特定の方向を見ることなく、正面を向いたままぼうっとしているから、私達には見えないけれどあんたにだけ見えている相手……、精霊とか幽霊とかいうわけじゃないみたいだから、相手はあんたにも見えていなくて、そしてあんたも相手も声に出して喋らずに話し合っている。

……ってことは、あんたの頭の中での出来事としか思えないでしょ。

みんな、分かっていても黙っていてあげたんだけど、あんたが全部喋る気になったなら、もう知らない振りをしてあげる必要もないでしょ」

「な、ななな……」

マイル、愕然。

「何じゃ、そりゃあああああ～～!!」

＊　　＊

「……では、説明します」

マイルが、ようやく平常心を取り戻した。

「実は、私は10歳になるまではごく普通の女の子でした……」

（嘘ですね）

（嘘よね）

（嘘だよね……）

「そして10歳の時に、神様の国からやって来た謎の生物に『ぼくと契約して、この世界を守ってよ』と言われました」

（あ、これは本当っぽいですね）

（本当らしいわね……）

（多分、本当のことだよね……）

「でも、世界を守るとか言われても、何のことか、意味が分かりませんでした。

なので私は普通の女の子として生活し、普通の幸せを手に入れようとしたのですが……」

（あ〜、それで……）

（ああいう言動を繰り返していたワケね……）

（全然、普通じゃなかったけど……）

「それで、多分、あれはこういう意味だったのかな、と……」

（あ〜）

（あ〜）

（あ〜……）

（（（じゃ、仕方ないか……）））

みんな、だいたい察した。

「つまりあんたは、今回の『この世界の危機』ってのを何とかするための役目を押し付けられた、ってわけ？　神様に……」

「レーナ、言い方ァ！」

さすがに神様に対する不敬は看過できなかったのか、ポーリンがレーナに苦言を呈するが、レーナはそんなことは気にもしていない。

……まあ、家族も大切な仲間達もみんな奪われ続ければ、神の存在を疑いたくもなるであろう。

（……ちょっと嘘が混じっているけれど、多分、神様はそういうつもりで私をこの世界に転生させたんだよね？

でないと、お礼としての転生先にこんな危険の多い、そして大規模な災害を迎えようとしている世界を選んだり、あんな酷い父親の許に生まれさせたり、……そして明らかに私の願いとは異なるチート能力をわざとねじ込んだりしないよね……。

ちょっと癪だけど、まぁ、本当ならば死んで消滅するところを助けてもらって第二の人生を楽しめるようにしてくれたことには感謝してるし、レーナさん達やマルセラさん達、そして今まで出会った多くの人達や、これから出会うであろうたくさんの人達を救うためなら、乗ってあげるよ！

前世で私が助けたあの女の子も、地球で人類の未来のために頑張っているのだろう。

ならば私も、この世界で力いっぱい頑張って、私がこの世界で生きた証を残してやろう……。

そう、メーヴィスさんがよく言っている、アレだ。

……我が、命の輝きを見よ!!）

そして、マイルは説明した。

前世や転生、ナノマシンによる魔法システムのこととかについては省略し、この世界の人達にも理解できるよう、色々と再編集して……。

＊　　＊

「じゃあ、その『ナノちゃん』っていう神様の世界からやって来た姿の見えない使い魔が、やっと見つけた『自分の声が聞こえる少女』を魔法少女にしようとした、と……」

「はい。……まあ、私は元々魔法は使えていましたけど……」

「だから、勧誘の言葉は『魔法少女になってよ』じゃなかったのですね……」

今までにマイルから『にほんフカシ話』でその手の話を色々と聞かされているレーナ達は、異世界からやって来た謎の生物が少女達を騙して、自分達の戦闘行為に巻き込み利用しようとする手口についてはよく知っていた。なので……。

「マイル、大丈夫なのかい？　その『ナノちゃん』とやらに騙されているんじゃあ……」

メーヴィスが、心配そうにそう尋ねた。

「あ、はい。どうやらこれは、ナノちゃん達の都合による戦いではなく、私達が住むこの世界を守るための戦いらしいですから……。なので、御指名とあらば、引き受けざるを得ないかな、と思いまして。あはは……」

そう言って、苦笑するマイル。

「……死ぬかもしれないわよ」

「分かっています。でも、私が頑張れば、多くの人達が死ぬのを防げるかもしれないって知ってしまった以上……」

「あんたが投げ出すわけがない、ってことね……」

説得は無意味。

そう知っているから、無駄なことを言うことはなく、ただ肩を竦めるレーナ。

「マイルちゃんですからねえ……」

「うん、マイルだものねえ……」

ポーリンもメーヴィスも、同じ考えのようであった。

「……じゃ、作戦会議ですね！」

「え？」

ポーリンの言葉に、きょとんとした顔のマイル。

「……あんた、まさか自分ひとりで、なんて考えてるわけじゃないわよね？」

「……だって、さっき、レーナさん自分で『死ぬかもしれない』、って……」

「言ったわね。それが何か？」

理解できない、という顔でレーナを見詰めるマイル。

「……マイル。もし私達が命を懸けて大勢の人達を助けようとしていたら、マイルは『死ぬかもしれないから』と言って、自分ひとりで逃げ出すかい？」

「あ……」

「マイル、あんた自分はそうするのが当たり前だと思っているくせに、私達はそうは思わない、って考えてるわけ？

私達を、馬鹿にするんじゃないわよ！」

怒っていた。

レーナも、メーヴィスも、そしてポーリンも。

そして……。


「この身体に、赤き血が流れている限り、」

「我らの友情は不滅なり！」

「我ら、魂で結ばれし４人の仲間！　その名は……」

「「「「赤き誓い!!」」」」

＊　　＊

そしてマイルは、みんなの前で呪文を唱えた。

「神の眷属、『ナノマシン』よ、我が信じる7名の友の権限を引き上げよ！

レーナさん、ポーリンさん、メーヴィスさん、マルセラさん、オリアーナさん、モニカさん、……そしてマレエットちゃん!!」

マレエットというのは、他の仲間達が不在の時に、暇を持て余したマイルがひとりで依頼を受けた家庭教師の仕事での、教え子である。

そう、可愛過ぎて、マイルが過剰に世話を焼いたためにとんでもないことになってしまった、あの……。

「皆さん、これで皆さんも『ナノちゃん』と契約したことになります。なので、魔法や『気』の威力が上がっていますので、今から練習してその感覚に慣れてください」

＊　＊

「おい、何だ、あれは！」

各国の王都で。他の街々で。村で。

人々が、空を指差して叫んでいた。

……それも、無理はない。

大陸の各地で、上空に浮かび上がった巨大な姿。

それは、書き割りに描かれた、大きなライオンの絵であった。

そして、横たわったそのライオンの顔の部分がくり抜かれ、そこからにょっきりと突き出された、少女の頭部。

銀髪で、人を安心させるような、整ってはいるけれどどこか抜けたような顔。

その少女の口が開かれ……。

『がおぅ！　がお～！』

ライオンの頭の上には数字が映っており、その数値が一定時間ごとに減っている。

それは明らかに、残り時間を示す減算タイマーであった。

そして胴体部分には、こう書かれていた。

［しばらくお待ちください］

「「「「何じゃ、そりゃあああ～～!!」」」」

大陸中の人々が、空に向かって絶叫した。

書き下ろし　ワンダースリー、バイトする

「指名依頼……、ですの？」

ギルド職員からの説明に、不思議そうな顔でそう問い返すマルセラ。

彼女達、『ワンダースリー』がこの街に着き、ハンターギルド支部に顔を出して挨拶した途端、有無を言わせず職員に引っ張られて面談室に通され、いきなり指名依頼の話をされたのでは、誰だって戸惑うに決まっている。

何しろ、挨拶でパーティ名とランクを名乗っただけであり、得意な分野も何も知られていないというのに、いきなりの指名依頼である。しかも、高ランクハンターならばともかく、若手のCランクハンターに……。

何か裏があると考えるのは当然であり、そう考えないようなハンターは長生きできない。

「……説明を」

オリアーナが、冷たい声で先を促した。

ここで甘い顔をすれば、世間知らずの小娘と侮られ、危険で条件の悪い依頼を押し付けられるか

もしれないのである。

そう、地元のハンターには受けさせたくない、何とか余所者の間抜けなハンターに押し付けたい筋の悪い依頼とかを……。

わざわざ余所者に、しかも碌に実力も知らない小娘のパーティに、他のハンター達に知られないようにして押し付ける指名依頼。これに胡散臭さ（うさんくさ）を感じないようなハンターはいないであろう。

そして、ギルド職員が依頼内容の説明を始めた。

「はい、実はこの街の貴族家のひとつが、口入れ屋を介して奉公人を雇っているのですが……」

それは、ごく普通のことである。

いくら貴族家とはいえ、下働きの者までが上流階級の者だというわけではない。

下級貴族の娘が行儀見習いに、などというのはごく一部のことであり、それは上級貴族家の、それも侍女（レディースメイド）とかの上級使用人に限られる。

その他の大半の使用人……洗濯担当（ランドリーメイド）や、皿洗い（スカラリーメイド）等……は、普通の平民を雇うに決まっている。

「その雇われた奉公人のうち数人が、帰省休暇（やぶいり）になっても実家に戻らないのです。それも、その全員が若い女性達で……」

「「「…………」」」

黙って話を聞く、『ワンダースリー』の3人。

「そして2日前、その貴族家が10日間の有期労働契約による奉公人5名の募集を行いました。

帰省休暇(やぶいり)の期間は、他家を訪れるのは不作法ですし、そんな時にパーティーやイベントを行う馬鹿はおりません。その期間は最低限の奉公人……帰省の必要のない、両親が既に亡くなっている者とか、年配の者とか、この街出身の者とか、後日休暇を貰う者とか……を残し、慎ましやかに過ごす、というのが通例なのですから。

なのに、若い者を帰省させないとか、5人もの短期間雇用を行うとか、明らかに、その……」

「怪しい、ということですわね？」

さすがに、証拠もなく貴族を犯罪者呼ばわりすることはできず、言葉を濁したギルド職員に、マルセラは平気でそう断言した。

「アルバイト、ですか……」

そして、ポツリとそう呟くオリアーナ。

「バイト……、ですの？　……あの？」

「はい、有期労働契約というのは、その、『バイト』ですよ。アデルちゃんが言っていた謎のフレーズ、『朝刊で注目、夕刊で決心。コウベ新聞アルバイトニュース！』とかいうやつです。

朝刊、夕刊、コウベ新聞というのが何を指すのか、とうとう分からず終(じま)いになってしまいましたが……」

「…………」

「で、その奉公人募集に応募しての潜入捜査、というわけですの？」

「はい。依頼内容は、貴族のエロジジイの素行調査と、帰省していない少女達の状況確認です。

奉公人の若い娘達が帰省休暇（やぶいり）になっても実家に戻らないことから、何かあったのではないかと心配した家族達がお金を出し合って依頼しました。

なので、依頼料はあまり高くはありませんが……」

「若い女性であり、そしてこの街の人達には顔が知られていない私達にはうってつけの依頼、というわけですわね？　勿論、その依頼……」

「「「受けたっ!!」」」

＊　＊

「……というわけで、奉公人の採用試験にやってきたわけですが……」

「多いですね、受験者……」

短期契約とはいえ、一応は貴族家の奉公人である。同じ奉公人であっても、少し裕福なだけの一般家庭で働く雑役婦（メイド・オブ・オール・ワーク）とは話が違う。

貴族家で働いていたという箔（はく）と信用度は、嫁入りの時に強力な武器となるため、希望者が多いのである。

……たとえ10日間ではあっても、『貴族家に奉公していた』という肩書きは、決して嘘ではないのだから。

そして、ごく僅かな可能性ではあるものの、子息に気に入られて、ということも、全くないわけではない。勿論、正妻などではなく、側室か愛人ではあるが……。

なので、その家のメイド募集に応募した『ワンダースリー』であるが……。

「帰省しない若いメイド達に、たまたま出された複数の若いメイド募集の告知……」

「気を付けるのですよ、モニカさん、オリアーナさん……」

「「はいっ！」」

＊　＊

「……で、なぜか3人共、合格して採用されたわけですが……」

あれだけの応募者がいたのであるが、なぜか全員が採用された『ワンダースリー』。

ひとり採用されれば良い方であり、あとのふたりは外部からサポートするつもりであったのだが。

「もしかすると、若い順に採用されたのでは……」

オリアーナが言う通り、3人はまだ14歳、未成年である。

他の応募者は皆、一応は成人の年齢であり、マルセラ達以外の採用者であるふたりも、その中では年齢が低く、15歳と17歳であった。

「ま、まさか……」

「あわわわわ……」

悪い予感がする、マルセラ達であった……。

＊　＊

「では、皆さんはここ、セドラーク子爵家においてメイドとして働いていただきます。10日間の短期ではありますが、その間は間違いなくセドラーク子爵家の使用人。なので、その名を貶めることのないよう、自覚ある行動を求めます」

最初に家政婦長(ハウスキーパー)……女性使用人の中では一番偉い……にそう言われ、その後は下級使用人から説明を受けた。

……どうやら、とりあえずは普通の下級使用人としての仕事をさせられるらしい。

いや、そのために雇われたのであるから、それは当たり前なのであるが……。

短期雇用の平民に、上級使用人の仕事をさせる者はいない。

問題は、10日間という短い日数の、いつ、本当の役割を求められるか、ということであった。

＊　＊

「……マルセラ、あなた、なかなか見どころがあるわよ。もし良かったら、正式なメイドとして雇っていただけるよう、家政婦長(ハウスキーパー)に口添えしてあげてもいいわよ？」

「え？　……あ、ありがとうございます……」

何と、オリアーナやモニカではなく、まさかのマルセラが高評価。

しかし、考えてみれば当然のことかもしれなかった。

何しろ、マルセラは貴族家におけるメイドの仕事に詳しかったのであるから。

……勿論、『奉仕する側』ではなく、『奉仕される側』としてであるが……。

だがそれは、奉仕される側が何を求めているか、ということを熟知しているということであり、新米メイドがなかなか把握できないこと、つまり主人側がどこまでのサービスを求め、どこから先は余計なこと、出しゃばり過ぎて鬱陶(うっとう)しいと感じるかの境目を見分けるのが上手(うま)かった。

……サービスを受ける方の経験者なので……。

それに対して、割と裕福な商家の娘とはいえ、所詮は庶民であるモニカと、正真正銘の庶民中の庶民、庶民のサラブレッドであるオリアーナには、そのような微妙な判断はできようはずがない。

そして、いつの間にかマルセラは、新人5人組のリーダーを任されていた……。

＊　＊

「おかしなところはありませんよね……」

一日の仕事を終え、寝る前に人気のない場所でこそこそと話し合っているマルセラ達。

「ええ、そうですわね……。一時的に使用人の数が減って、それをカバーするために雇われた、普通の臨時雇いの奉公人。それにふさわしい仕事ばかりですわよね、掃除やベッドメイク、食器の手入れや、水汲みとか……。別におかしなところはありませんでしたわよね？」

「……私としましては、どうしてマルセラ様がそんなにメイドの仕事をそつなくこなせるのかが不思議でたまらないのですけどね……」

「なっ！」

モニカの指摘に、顔を赤くするマルセラ。

貧乏男爵家の三女なので、使用人の数が足りずに自分で色々とやらざるを得なかったのか。

それとも、興味本位で色々と使用人の真似事をしてみたのか。

どちらにしても、貴族の子女としては恥ずかしいことのようであった。

「……いえ、よく考えてみると、おかしな点がありますよね……」

「え？　それは何ですの？」

モニカの指摘に、はてな、というような顔をするマルセラとオリアーナ。

「私達奉公人、特に若い女性に対する待遇が良過ぎです！　何ですか、あの美味しくて量がたっぷりの食事に、朝2の鐘と昼2の鐘に出るおやつと、夜2の鐘に出る夜食は！

あんなの出されたら、太ってしまうでしょうがッ!!」

「食べなければ良いのでは……」

「残せば良いのでは……」

「食べ物を残したり粗末に扱ったりできるものですか！　神にツバを吐くおつもりですかッッ!!」

「「……ごめんなさい……」」

商家の娘であるモニカは、こういうところにはうるさい。いくら相手がマルセラであっても、非を認めるまで絶対に退かないのである。なので、さっさと謝るしかない。

食べ物を無駄にすることに関する沸点の低さでは、貧乏農家出身であるオリアーナの方が上回りそうであるが、モニカはそれよりも遥かに強く反応するのであった。


「と、とにかく、あれは異常ですよ！　奉公人の食事に、あんなにお金を使う貴族なんていませんよっ！」

「……そうですの？」

「えっ、そうなんですか？」

いくら貧乏貴族とはいえ、一応は男爵家の御令嬢であるマルセラにとっては、実家で出るものに較べれば安物である。

……貴族の子供用と奉公人用を較べてはいけない。

そしてオリアーナにとっては、実家で食べていたものとは較べようもないため、判断できるわけがなかった。

学園の食堂で出されていた料理はともかくとして、今まで実家では食べたことのない美味しい料理とおやつ、としか認識できないため、貴族家の使用人はいいものを食べられるのだな、と思うだけであり、不思議に思う余地はなかったのである。

いくら頭が良くても、判断の基となる情報が欠落していては、どうにもならなかった。

「もしかして、若い娘達を美味しそうに太らせて、その後……」

「ひいいいぃぃ!!」

「……それはともかくとして、私達がここへ来た目的である、依頼任務のことですが……」

急に、真面目な顔になって話を変えたモニカ。

どうやら、今までのは冗談だったらしい。

「成果なし」

「同じく……」

「私もですわ……」

そう、３人が見聞きした限り、子爵家の当主も、家族達にも怪しいところはなかった。

地下室に少女達を幽閉しているだとか、夜中にどこからともなく少女のすすり泣きが聞こえてくるとか、当主が時々姿を消すとか、そういったことはなく、また奉公人達にもおかしな素振りや怪しい言動とかもなく、皆、結構気さくで仲が良い様子……。

「……でも、ギルドで聞いた、帰省しなかった子たちの特徴に合致する子がいませんよね？」

「「…………」」

そう、それが問題であった。

「や、やはり、既に当主の毒牙に……。

マルセラ様、こうなったらもう一刻の猶予もありません！　多少の危険を冒してでも、行方不明の者達の調査を進めましょう！」

「そうですわね……」

斯くして、今までは安全重視の消極的な情報収集に努めていた『ワンダースリー』は、従業員への聞き込み、地下に隠し部屋がないかの調査等、積極的な捜査を始めたのであるが……。

＊　　＊

「成果がありませんわよね……」

「もう、明日で8日目ですよ。このままじゃあ……」

そう、臨時雇いの10日間が終わってしまう。

今回は潜入調査という行動自体が依頼事項であるため、成果がなくとも依頼失敗とはならず、違約金は発生せず報酬もきちんと全額支払われる。

しかし、それを是とするマルセラ達ではなかった。

だが、そうはいっても、何も情報が手に入らないのではどうしようもない。

焦るマルセラ達であったが、時間は無情に過ぎ去り……。


「とうとう、9日目になってしまいましたわ」

「明日で、雇用期間が終了ですよね。今まで、何の成果もないまま……」

焦燥感が濃いマルセラとモニカであるが、オリアーナはまだあきらめてはいなかった。

「いえ、それはすなわち、わざわざ若い女性を雇ったのに、その私達が明日でいなくなる、ということです。私達に何かするなら、今夜あたり……」

「「なる程！」」

オリアーナの説明に、マルセラとモニカは眼を輝かせた。

そして……。

＊　＊

「何もありませんでしたわね……」

「「…………」」

翌朝、一晩中ベッドの中で攻撃魔法を待機状態にして待ち構えていた3人は、眠そうな顔で朝食を摂っていた。

……些かボリュームがあり過ぎる朝食を……。

「しかし、今日でお終いですよ？　依頼達成としては問題ありませんが、消息不明の奉公人達と、依頼者である親御さん達のことを思うと……」

「それは分かっておりますわよ。でも、どうしろと……」

「「…………」」

暗い表情の3人であるが、どうしようもない。

まさか、ギルドから正式な依頼を受けた自分達が、証拠もないのに貴族を捕らえて訊問するわけにもいかない。

……そんなことをすれば、ハンターギルド除名どころか、捕らえられて死罪である。

どうしようもなかった。

そして朝2の鐘のおやつ、ボリュームたっぷりの昼食を摂り、昼2の鐘のおやつも食べた後。

ざわざわと騒がしい声が聞こえ、十数人の女性達が通用口から邸へと入ってきた。

「「「……え？」」」

どう見ても、使用人達である。それも、この邸のお仕着せを着た……。

その構成人員は、成人後間もない若い少女達と、それよりは年上の女性達にはっきりと二分されている。そして……。

(((ああっ!!)))

その若いグループは、ギルドでこの依頼を受注した時に聞いた、帰省しなかった者達の特徴と一致する。

そしてその一団が当主様のところへ行って何やら報告し、その後解散したため、そのうちの口が軽そうな若手のひとりを捕まえて質問したマルセラ達。

「あ、あの、私達短期契約で雇われた者なんですけど、皆さん、どこへ行かれていたのですか？」

マルセラも、その気になれば『ですの』口調ではなく普通に喋ることはできる。

いつもは、貴族らしさと品位を保つためにそういう口調を心掛けているだけである。一応、平民の振りをすることも可能なのであった。

「ああ、私達の穴埋めのための……。御苦労様でした。

そうね、気になるわよね。また次もこういう募集がかかるかもしれないから、一応教えておこうかな……。いい、余所では喋っちゃ駄目よ、誓える？」

「……は、はい……」

　そしてその少女が語るには……。

「ここの御当主様、食い道楽でね。拘るのよ、味も量も……。そして、物事を自分を基準にしてお考えになるから、年配の自分が満足するにはこれくらいの量を食べる必要があるのだから、若い奉公人達にはもっと必要であろう、とお考えになって……。基本、いい人なのよ、平民にも優しくて。貴族のお屋敷で働くなら、ここはすごくお勧めなのよ。……ただ、出されたものを残さずに全て食べると……」

「「「……食べると？」」」

「……太る」

「「「…………」」」

「そして、ここに雇われてから初めての帰省休暇（やぶいり）を迎えた者は、気付くのよ。このお腹とほっぺで村に戻り、家族や友達、……そして狙っている男性にその姿を見せられるのか、って……」

「「「あ〜……」」」

　みんな、全てを察した。

「そして、経験者である先輩奉公人達をコーチとして、みんなで森に……」

　理由は、聞くまでもない。

「私達だけでなく、コーチのために先輩達が大勢抜けたから、手が回らなくなった分をカバーするために雇われたのが、あなた達。……そういうわけよ」

「「「…………」」」

くだらない……。あまりにも、くだらない事件であった……。

がっくりと肩を落とす、マルセラ達。

しかし、不幸な目に遭った者が誰もいなかったというのは、喜ぶべきところであろう。

一応……。

「これで、私達も明日には『少し遅い帰省休暇（やぶいり）』に出られるわ。ホント、ここの御当主様はいい人なのよねえ……。これで、食事の量さえ適正ならねえ……」

どうやらみんな、モニカと同じような考えの持ち主であるらしい。

そして、量を減らすよう頼む気もない、と……。

ひもじい思いをしたことのある者は、出されたものは全て食べる。

また、中には大食らいの者もいるので、その者達のことを考えると、『食事の量を減らせ』とも言いづらいのであろう……。

「……で、あなた達、いいの？」

「え、何がですか？」

「……そのまま帰って……」

「「え？」」

「……」

「「…………」」

「「「…………」」」

そして、恐る恐る手が差し伸ばされた。

マルセラの手が、オリアーナのお腹へ。

オリアーナの手が、モニカのお腹へ。

モニカの手が、マルセラのお腹へ。

そして……。

ぎゅっ！

むにむに……

「「「ぎゃあああああああ〜〜!!」」」

そして、家政婦長（ハウスキーパー）に頼み込み、何とかもう一日滞在させてもらい、ここの奉公人達の間に伝わるダイエット方法を教わるマルセラ達であった……。

あとがき

皆様、お久し振りです、FUNAです。
のうきん、遂に16巻！
発刊元がSQEXノベルに変わってからの、3冊目です。

マイル、遂に魔族の村を訪問し、全てのヒト型種族の村をフルコンプリート！
思わぬ収穫。そして思わぬ来客、思わぬ招待者。
また一歩、世界の謎に近付いた……。
孤児院に自立の手段を与え、後顧の憂いをなくしたマイル、本気で打って出る!!
いよいよ、物語はクライマックスへ。
刮目(かつもく)して、待て、次巻!!

マイル　「がおー！」

レーナ　「ここには、ビルもハイウェイもないわよ!!」

……というわけで、いよいよ物語は佳境へと……。
マイルと、『赤き誓い』のみんなの明日は、どっちだ……。

マイル　「爆裂ドッチャー?」
レーナ　「誰も知らないわよ、そんなネタ！」
ポーリン「マイルちゃん、『爆裂』はどこから出てきたのですか、その『爆裂』は!!」
マイル　「爆裂時空……」
レーナ　「『オネニーサマ』かな?」
ポーリン「どこのアニメの第一話ですか！」
メーヴィス「たはは……」

コロナのワクチン接種も終わり、外出は週に2回、徒歩3分のイオンに行くだけ。
……半額になる頃に。
今週喋った言葉は、「袋も駐車券も要りません」のみ！

レーナ　「前回も言ってたわね、そんなこと……」
ポーリン「進歩も変化もないのでしょうね……」
マイル　「し～っ！　し～っ!!」
メーヴィス「たはは……。
　あ、そうそう、私達の物語が漫画化されていることは知ってるかい？」
レーナ　「え？　今更何言ってるのよ、メーヴィス。
　森貴夕貴先生の４コマ漫画は、３巻の予定だったのが大好評で４巻まで延びて完結したし、ねこみんと先生の本編漫画化は先生が御病気で休載、現在再開の準備中じゃないの……」
メーヴィス「いや、それとは別に、ＳＱＥＸから新しく漫画化されたんだよ。
　ネーム構成：桜井竜矢先生、作画：ｉｉｍＡｎ先生で、ガンガンＯＮＬＩＮＥで連載が開始されてるよ。
　そして数カ月後には、単行本が発売される予定だよ」
レ・マ・ポ「おおおおおおお!!」

　そういうわけで、『のうきん』コミカライズ、ＳＱＥＸでリブートです！
　よろしくお願いいたします！

最後に、イラストレーターの亜方逸樹様、装丁デザインの山上陽一様、担当編集様、校正校閲・組版・印刷・製本・流通・書店等の皆様、感想や御指摘、御提案やアドバイス、アイディア等を戴きました『小説家になろう』感想投稿欄の皆様、そして、本作品を手に取ってくださいました皆様に、心から感謝いたします。

では、また、次巻でお会いできることを信じて……。

FUNA

あとがき的ななにか
亜方逸樹

エルフ

まぞく

なんとなく まとめて 人種描いてみた‥.
多彩な種族がいる世界たいへんそうだけど
たのしいですよね!‥.
あ‥.人間描くのわすれてた‥・
じゅうじん
あとほかに人種
いましたっけ?
妖精は?
こんど
FUNA先生に
きいてみよう
ドワーフ

私が知ってる《平均値》と全然違うんですけど!?
God bless me?
原作:FUNA
亜方逸樹
作画:iimAn
(Friendly Land)
ネーム構成:桜井竜矢
ガンガンONLINEのアプリはコチラ
iPhone
Android
にて好評連載中—!!!

私、能力は平均値
でって言ったよね!
新
コミック
ガンガンONLINE

SQEX/ノベル

私、能力は平均値でって言ったよね！ ⑯

著者
FUNA
イラストレーター
亜方逸樹

2021年12月7日　初版発行

発行人
松浦克義
発行所
株式会社スクウェア・エニックス
〒160－8430
東京都新宿区新宿6－27－30　新宿イーストサイドスクエア
（お問い合わせ）スクウェア・エニックス　サポートセンター
https://sqex.to/PUB

印刷所
図書印刷株式会社

担当編集
稲垣高広

装幀
山上陽一（ARTEN）

ISBN978-4-7575-7619-3 C0093　